書下ろし

長編時代小説

妖剣　おぼろ返し

―介錯人・野《の》晒《ざらし》唐十郎―

鳥羽　亮

祥伝社文庫

目次

第一章　袖《そで》の雪《ゆき》

1

夕陽が庭に射し、枯れ草の間から頭を出している石仏の上に茜《あかね》色の淡いひかりを投げていた。家のまわりは黒板塀《くろいたべい》でかこまれ、塀にそって樫《かし》が植えられている。西陽は、その樫の根元ちかくまで伸びていた。

風のない晩秋の雀色時《すずめいろどき》である。

茜色に染まった枯れ草のなかからポツポツと頭を出している幾《いく》つもの石仏は、荒れ野のなかから首を出している狐狸《こり》の群れのようにも見えた。

狩谷唐十郎《かりやとうじゅうろう》は縁先に胡座《あぐら》をかき、荒れた庭を見ながら貧乏徳利をかたわらにおいてひとりで茶碗酒を飲んでいた。唐十郎は酒が強い。さっきから半刻《はんとき》(一時間)ちかく手酌でやっているが、白皙秀麗《はくせきしゅうれい》な顔貌《おもて》に物憂いような翳《かげ》が浮いているだけで、まったく表情もかわらない。

庭の石仏は唐十郎が、ちかくの石屋に頼んで彫ってもらったものである。身丈《みたけ》は一尺二、三寸(一尺は約三十センチ)ほど、背中には唐十郎が命を奪った者の名と享年が彫ってあった。

唐十郎は市井《しせい》の試刀家だった。大身《たいしん》の旗本や大名などから依頼を受け、実際に人の死骸を斬って刀の切れ味を試したり、刀の目利《めき》きをするのである。

ただ、唐十郎のような無名の試刀家への依頼は少なく、試刀や目利きだけでは暮らしがたたず、唐十郎は切腹の介錯《かいしゃく》、町方に追われる恐れのない討っ手から敵《かたき》討ちの助太刀まで金になることなら何でも引き受けた。

そのような稼業のため、唐十郎は見ず知らずの者を斬殺することが多く、己《おのれ》の手で命を奪った者の名と享年を刻んだ石仏を庭に立てて供養《くよう》していたのである。

もっとも、供養といえば聞こえはいいが、石仏を立てるだけで特に死者を慰《なぐさ》めるようなことをするでもなく、庭の手入れすらしようとしない。そのため、庭には雑草がはびこり、荒れ地のようになっていた。

ときどき、唐十郎は石仏の頭から酒をかけ、縁先で石仏をながめながら酒を飲む。それが、供養といえば供養といえた。

唐十郎には野晒《のざらし》という異名があった。

三十二歳になるが、独《ひと》り身で気ままに暮らしていることから付いた名なのか、あるいはこの荒れ地に立っている無数の石仏から付いたものか。いずれにしろ唐十郎は、野に晒された石仏のようにひとり飄　々《ひょうひょう》と生きてきたのである。

道場から気合と床を踏む音が聞こえていた。

本間弥次郎《ほんまやじろう》と助造《すけぞう》らしい。ふたりだけで、居合《いあい》の稽古《けいこ》をしているようだ。

おもてむき唐十郎は、道場主だった。もっとも、道場は閉めたままで滅多《めった》に足を踏み入れることもない。

ここ神田松永《かんだまつなが》町に道場をひらいたのは、唐十郎の父、重右衛門《じゅうえもん》だった。ところが、名人と謳《うた》われた父の死後、道場の門弟はひとり去りふたり去りして、最後まで残ったのは当時師範代をしていた弥次郎ひとりである。

いま、弥次郎は唐十郎とともに試刀や切腹の介錯などをして口に糊《のり》していた。

もうひとりの助造は、今夏、信濃《しなの》の国の松田《まつだ》藩のお家騒動にまきこまれ、中山道《なかせんどう》に旅したとき同行した若者である（『飛龍の剣』祥伝社文庫）。

助造は、武州鴻巣《ぶしゅうこうのす》宿にちかい箕田《みだ》村の百姓の倅《せがれ》だが、何としても、剣で身をたてたい、と言い張って江戸までついて来たのである。

唐十郎は門人にする気などなかったが、弥次郎が、
「若先生、これほど言うのですから、江戸に連れていったらどうでしょう。稽古はわたしがみますよ」

そう言い添えたので、同行を認めたのである。

江戸に来た助造は、勝手に道場に併設してある着替えの間にもぐり込んで寝起きしていた。着替えの間といっても二畳ほどの狭い場所で、畳はなく筵《むしろ》が敷いてあるだけである。まともな夜具もなく掻巻《かいまき》一枚にくるまって寝ているようだが、本人はあまり気にしていなかった。在郷の貧しい百姓の子として育った助造には、それでねぐらとしてはじゅうぶんなのかもしれない。

唐十郎は助造の稽古に手を出さなかったが、面倒見のいい弥次郎は暇をみつけては手解《ほど》きをしているようだった。

ふたりの気合と床を踏み鳴らす乾いた音が、夕暮れどきの静寂を破って、唐十郎のいる縁先まで聞こえてきた。

……初伝八勢《しょでんはっせい》から、抜かせているようだ。

唐十郎は、弥次郎が発する床を踏む音と気合から何を学ばせようとしているか、手に取るように分かった。

初伝八勢は、立居《たちい》、正座《せいざ》、立膝《たちひざ》からの抜き付けを基本とする技である。八勢は真向両断《まっこうりょうだん》、右身抜打《うしんぬきうち》、左身抜打《さしんぬきうち》、追切《おいぎり》、霞切《かすみぎり》、月影《つきかげ》、水月《すいげつ》、浮雲《うきぐも》からなり、居合腰《いあいごし》と呼ばれる体勢、居合でもっとも重視される抜刀の迅《はや》さと鋭さ、息遣い、足さばき、刀さばきなどの基本的な動きがふくまれている。

……まだまだ、先が長い。

唐十郎は、ふたりの稽古の音を聞きながらひとりごちた。

子供のころ、唐十郎は父に、一日千本抜け、と言われ、来る日も来る日も道場に立って抜きつづけた。

三年ほど初伝八勢に没頭し、やっと父から次の中伝十勢《ちゅうでんじっせい》に進むことを許された。そして、中伝十勢を身につけるのに七年余の修行を有し、やっと小宮山《こみやま》流居合の奥義である奥《おく》伝三勢《でんさんせい》に進むことができた。この奥伝三勢を会得すると小宮山流居合の免許が与えられるが、この三勢を我が技とするのは長年の修行にくわえ剣の天稟《てんぴん》も必要で、だれもがここまで到達できるわけではない。

そして、その先には同流に密かに伝えられている『鬼哭《きこく》の剣』と称する一子相伝の必殺剣があった。

父は道場へ唐十郎を呼んでこの必殺剣を見せ、この技を会得するには、己で工夫するしかない、と言って突き放した。唐十郎は鬼哭の剣を会得するまで、三年余の艱難辛苦《かんなんしんく》の歳月を必要とした。

……はたして、助造はどこまで到達できるか。

基本から学ぶには年齢的にも少し遅い気がしていた。

助造は十七歳。江戸に来る前、武州忍《おし》城下の小野《おの》派一刀流の道場に通っており、剣術の基本は身についていた。それでも、初伝八勢を身につけるのに二、三年、中伝十勢はさらにそこから四、五年はかかるだろうと思われた。

……ただ、本人の心がけ次第だ。

弥次郎のように四十歳を越えても居合術からはなれず、なお斯道《しどう》に邁進している者もいる。

そのことを考えれば、剣の修行に遅い早いはないという気がしないではない。

あれこれ思いながら、唐十郎は道場から聞こえてくる稽古の音に耳をかたむけていたのだが、ふと、その音がやんだ。

いっとき経つと、道場の方からあわただしい足音が聞こえてきた。下駄をつっかけて駆け付けてきたのは、助造だった。

「お、お師匠、すぐ来てくだせえ」

助造は、百姓らしい言葉遣いで口ごもりながら言った。

「どうした」

「客人のようですだ。本間さまが、すぐにお師匠をお呼びしろって」

「荒れ道場に客人か」

唐十郎は怪訝《けげん》な顔をした。

「門人だった人のようですだ」

「ほう……」

だれだろう、と唐十郎は思った。

門弟は弥次郎ひとりになって、十年ちかい歳月が流れていた。だれが来たのか名も顔も思い浮かばなかった。

「ともかく、行ってみよう」

唐十郎は、貧乏徳利をその場に置いて立ち上がった。

2

すでに道場内は薄暗く、連子窓《れんじ》から入った夕映えのうす明かりが、黒ずんだ床板を淡く照らしていた。

その床板に、弥次郎と向き合ってふたり端座していた。ひとりは壮年の武士、もうひとりは、まだ七、八歳と思われる前髪姿の少年だった。

壮年の武士は、眉が濃く顎の張ったいかにも武辺者《ぶへんもの》らしい面構《つらがま》えの男だった。胸が厚く、肩幅が広い。武術の修行を長年積んだことをうかがわせる体軀《たいく》である。座った姿もどっしりとして、隙《すき》がなかった。

旅をして来たらしく、手甲脚半《てっこうきゃはん》に野袴《のばかま》という旅装束で、かたわらには道中合羽と打飼《うちがい》が置いてあった。少年も、似たような旅装である。

「若先生、お久し振りでございます」

武士は唐十郎の顔を見ると、懐かしそうに破顔した。

目を細めた笑顔を見て、唐十郎は思い出した。

「霜月《しもつき》か」

「はい、霜月竜之助《たつのすけ》でございます。江戸を離れて、かれこれ十四年になりましょうか」

霜月はそう言って、あらためて低頭した。

霜月は甲斐《かい》国垂江《たるえ》藩八万石の家臣だった。若いころから江戸勤番として在府し、奉公のかたわら小宮山流居合の道場に門人として通っていたのである。

垂江藩の領内では田宮《たみや》流居合を学ぶ者が多く、同じ居合ということもあって、当時数人の江戸勤番の藩士が道場へ通っていた。

霜月は唐十郎が稽古を始めてまもないころから門弟として道場に出入りし、弥次郎とは腕のほども似ていたので兄弟弟子のような関係にあった。ひとつだけ年上の弥次郎が兄弟子という立場であった。

ところが、十四年前、突然帰国を命ぜられ、道場をやめ国許へ帰ったのである。その後、霜月の顔を見ることもなく、今日にいたっている。

「父が死んでな。今は見たとおりの荒れ道場だ」

父、重右衛門が死んだのは、霜月が帰国した後で、そのころは門弟もかなりいて道場にも活況があった。霜月は零落した道場を見て驚いたはずである。

「風の便りに、お師匠が亡くなられたことは耳にいたしました」

霜月は神妙な顔をして言った。

「いまは、遊んで暮らしている」

唐十郎は、生業《なりわい》のことは口にしなかった。

「そうでございますか」

霜月は小声で言って視線を落とした。

「その子は」

唐十郎は霜月のかたわらに身を固くして座している少年に目をむけた。色白の利発そうな子だが、脆弱そうな感じがした。

「おお、これは遅れました。これなるは、わが一子、三郎太《さぶろうた》にござる」

そう霜月が紹介すると、三郎太は、両手を床に付き、三郎太にございます、と声高に言って頭を下げた。正座したまま毅然とした顔をくずさなかった。武家の躾《しつけ》のいきとどいた子のようである。

「参勤で江戸に来たようにも見えぬが」

唐十郎が訊いた。

藩主とともに参府したのなら、子供を同行するはずはないし、江戸に着けば、まず藩邸に入って旅装を解くはずである。それが、ふたりとも旅装のままである。何か、特別な事情があるはずだった。

「これには、子細がござって……」

霜月は顔をこわばらせて急に声を落とした。

霜月の話によると、藩のお家騒動にまきこまれ、嫡男の三郎太を連れて国許を出奔《しゅっぽん》してきたという。

「追われているのか」

垂江藩の藩邸や藩士の許へは行かず、そのまま荒れ道場を訪ねて来たということは、追っ手の目を恐れてのことであろう、と唐十郎は推測した。

「藩の恥を話すことになり子細はご容赦いただきますが、われら父子には、国許から追っ手がかかっております」

「うむ……」

容易ならぬことだ、と唐十郎は思った。どのような騒動なのか知る由《よし》もないが、霜月は垂江藩から江戸に逃げて来たようである。

唐十郎が思案するように視線を落とすと、他の男たちも口をつぐんだ。いつの間にか、夕闇が道場内に忍び込んでいた。闇のなかで、五人の男たちは塑像《そぞう》のように身動きしなかった。

ふと、弥次郎が腰を上げ、

「灯《ひ》を用意しましょう」

と、思いついたように言った。弥次郎は着替えの間にあった燭台を持参すると、石を打って火を点《つ》けた。面長で彫りの深い顔が、火明《ほあ》かりに浮かび上がった。その顔にも濃い苦悶の色がある。弥次郎は我がことのように霜月親子のことを案じているようである。

仄《ほの》かに明かりに照らされながら、

「して、この子の母親は」

と唐十郎が訊いた。

道場に通っていたころは独り者だったが、子がいるからには妻を娶《めと》ったはずである。

「妻の雪江《ゆきえ》は、三年前に死にました」

霜月は顔を伏せた。眉の濃い顔を、哀惜の翳がおおった。霜月の妻が死んだことに偽《いつわ》りはなさそうだった。

「若先生、霜月は何か頼みがあって道場へ来たようです」

それまで、黙って聞いていた弥次郎が口をはさんだ。

「頼みとは」

「はい、突然押しかけてきて、このような願いを口にするのは気が引けますが、ほかに頼る者もなく恥を忍んで申し上げます。……若先生、われら親子をしばらくかくまってはいただけませぬか」

ふいに、霜月は膝を唐十郎の方にむけ身を乗り出すようにして言った。その目に、必死の色があった。切羽《せっぱ》詰まって、道場へ来たようである。

……さて、どうしたものか。

唐十郎は即答をさけ、考えをめぐらせた。道場をやめたとはいえ、霜月は小宮山流居合の一門である。できれば、かくまってやりたいが、そう簡単なことではない。垂江藩の追っ手も、霜月が江戸在府のおり小宮山流の道場に通っていたことは知っているだろう。となれば、追及の手は当道場にも伸びる。かといって、道場以外に霜月親子をかくまうような場所もない。

「この家では、追っ手から隠すのはむずかしいし……」

唐十郎には、霜月をかくまうような場所が思いつかなかった。

「半年の間でござる。来春には、殿が参勤で江戸へ来られます。そのときまでには藩の趨《すう》勢《せい》も変わるはずですし、殿に直《じか》に言上《ごんじょう》することもできると思われます」

「半年か……」

霜月親子を同居させてくれるような知り合いもないことはないが、何より半年の間、追っ手の目から隠しておくことがむずかしい。

「まことに、ぶしつけな言い分でござるが、拙者《せっしゃ》、多少の金子《きんす》は持参いたしました。……

それに、長屋でも廃屋でも雨露さえしのげれば、かまいませぬ」

霜月は、両手を床について頭を下げた。

なおも、唐十郎が思い迷っていると、脇から弥次郎が口をはさんだ。

「若先生、わたしに心当たりがありますが」

「適当な住居《すまい》があるか」

「はい、家からは少し離れますが、同じ相生町《あいおい》につぶれた酒屋の出物があります。だいぶ古い家屋で、その上借地だそうですが、十五両ほどだと聞いています。半年ほどなら辛抱できましょう」

弥次郎は神田相生町で、小さな仕舞屋《しもた》に親子四人で住んでいる。同居は無理だが、何とか住居だけでも世話したいらしい。

「それはいい」

唐十郎が言った。

「ぜひ、そこへ」

霜月は弥次郎の方に膝《ひざ》をむけてうなずいた。

「住居はみつかったようだな。今夜はここに泊まり、明朝にでも行ってみるといい」

唐十郎は背後に座っていた助造を振り返り、夜具になるような物をみつけて運ぶから手伝ってくれ、と言って、立とうとすると、

「お待ちください。まだ、願いの筋が」

霜月が慌てて言った。

「…………」

唐十郎はあらためて座りなおした。

「聞くところによると、若先生と本間どのは刀の目利きもなされているとか」

「いかにも」

「持参いたしたこれなる一振りを見ていただきたいのですが」

そう言うと、霜月は腰の小刀を鞘ごと抜いた。

丸鍔《まるつば》で、三尺ほどの下げ緒が付いている。黒塗りの鞘や柄《つか》に巻かれている茶の組糸は実用本位の粗末な物で、目を引くような拵《こしら》えではなかった。

……小刀は己の持ち物ではないようだ。

と、唐十郎は察知した。

かたわらにある大刀は使い古した感があるが、手にした小刀の方は拵えが新しいものだった。

3

唐十郎は小刀を手にすると、柄を下にして左手で持ち右手に鞘をつかんで、スッと抜き上げた。

一瞬、清澄な刀身が燭台の炎を受けて、目を射るような真紅《しんく》のひかりを放った。

……これは！

思わず唐十郎は息を飲んだ。

名刀である。

意外にも刀身は九寸（一寸は約三センチ）ほどしかなかった。小刀というより小脇差か合《あい》口《くち》といった方がいい。刀身の地肌はよく澄んで、見る者を引き込むような深みがあった。刃紋は丁子《ちょうじ》花に似ていることから付いた丁子乱れ。先にしたがって身幅《みはば》が狭くなる太刀姿には、目を見張るような美しさと気品とがあった。

ただ、鞘の長さが一尺三寸ほどもあった。九寸の刀身には長すぎる。何か、いわくのありそうな拵えだった。

「備前長船《びぜんおさふね》住、長光《ながみつ》の鍛えし一振りか」

唐十郎は刀身を見つめながら言った。

弥次郎や刀のことなど分からぬ助造と三郎太も、魅入《みい》られたように刀身を見つめている。唐十郎が手にした刀身をわずかに動かす度に、燭台の火を映して微妙に色を変えた。ときに血のように赤く見えたと思うと、淡い夕焼けのように変わり、次の瞬間には薄闇のなかで蒼黒く見えたりした。

「いかにも、長光にございます。……それも、長光が精魂込めて鍛え上げたという名刀、袖《そで》の雪《ゆき》にございます」

「袖の雪だと」

唐十郎は、長光に袖の雪と称する名刀があると耳にしたことがあった。

袖の雪は払えば簡単に落ちることから、斬れ味が鋭いことで付けられた異名である。すなわち、払えば首が落ちる、との意味である。同じく斬れ味の鋭い刀に、笹雪、笹霜、草の露、草裏の露などと名付けられたものもある。

だが、小脇差には珍しい異名であった。小脇差をふるって敵の首を刎《は》ねようとする者はまれであろうし、美しい太刀姿に斬れ味の凄《すご》さを誇示するような異名はふさわしくないのである。

「斬れ味で、名付けられたのではございませぬ」

唐十郎の顔に疑念が浮いたのを見た霜月が言った。

「太刀姿の美しさが見る者に畏怖の念を抱かせるからでしょうか。……この脇差は、所持する者の厄難を袖の雪を払うがごとく切り払うといわれています」

「守刀《まもりがたな》か」

唐十郎は、この小脇差が守刀として扱われていることを察知した。それも、女の守刀である。袖の雪という優美な異名は、女子の所持を念頭において名付けられたものであろう。

「いかにも」

「この拵えは、守刀にふさわしくないが」

粗末な拵えは、人目を欺《あざむ》くための物にちがいない。もとは上臈《じょうろう》の所持する守刀に相応《ふさわ》しい華麗な拵えだったのではないだろうか。

「お察しのとおり、人目につかぬようこのような拵えにいたしました」

「やはり、そうか」

九寸の刀身にしては長すぎる柄は、小刀として人目を欺くためのようだ。

「目利きが、頼みではないようだな」

唐十郎は刀身を鞘に納めて、あらためて訊いた。

霜月は、初めから長光の鍛刀であることを知っていたし、袖の雪の謂《いわ》れも知っている。

霜月に目利きを頼む理由はないのである。

「この脇差を若先生に所持していただきたいのです」

霜月は膝を寄せて言った。

「おれに、これを」

唐十郎は聞き返した。

「はい」

「どういうことだ」

「国許からの追っ手の目的は、拙者の命を奪うこととこの脇差を取り戻すことにあります。……拙者、あるお方よりこの脇差をお預かりし、守るよう命じられました。ですが、拙者には守りきる自信がございませぬ。それで、若先生のお力をお借りしたいものと」

霜月は訴えるような目で唐十郎を見つめた。

「うむ……」

唐十郎は逡巡した。預かれば、垂江藩の追っ手を敵にまわすことになる。追っ手がどれほどの勢力であるのか不明だが、容易ならざる事態だった。それに、当然のことだが、垂江藩のお家騒動に巻きこまれることになる。

「噂では、若先生と本間どのは、ときに討っ手や敵討ちの助勢なども引き受けられると聞き及んでおります」

「いかにも」

「無理な依頼は重々承知のうえでござるが、拙者の助勢をお願いできぬものでしょうか。

むろん、相応の金子はお支払いいたします」

そう言うと、霜月はかたわらに置いてあった打飼を引き寄せた。なかに袱紗《ふくさ》包みが入っていた。霜月は包みを開いて、切り餅《もち》をふたつ取り出した。

「無理難題ゆえ、これでは少ないと存じますが、とりあえず」

と言って、唐十郎と弥次郎の膝先へ切り餅をひとつずつ置いた。

切り餅ひとつは二十五両、大金である。それに、袱紗包みにはまだ切り餅があった。おそらく、住居を求めるための資金と当面の江戸暮らしの費用なのであろう。藩を追われてきた一藩士には、ふさわしくない大金を所持している。

どうやら、霜月は個人的な理由で出奔してきたのではないようだ。垂江藩内にお家騒動があると言ったが、一方の勢力の密命を受けて江戸に出てきたのではないだろうか。当然のことながら霜月の命を狙い、長光の脇差を奪おうとしている者たちは対立する勢力ということになりそうだ。

「大金だな」

唐十郎は、膝先の切り餅に手を出さなかった。弥次郎も困惑したような顔で、霜月を見ていた。

「垂江藩八万石の命運がかかっております。なにとぞ」

霜月は絞り出すような声で言い、額を床につけるほど低頭した。

「どうする、弥次郎」

脇差を預かることだけでは済まないことは分かっていた。垂江藩の追っ手から霜月の身を守らねばならない。当然、唐十郎と弥次郎のふたりは、垂江藩の敵対する一派と戦うことになるだろう。

「霜月はともに修行に励んだ仲間です。できれば手助けしたいのですが……。それに、危ない橋を渡るのが、われらの稼業と心得ておりますので」

弥次郎はつぶやくような声で言った。

「よかろう」

唐十郎は切り餅ひとつをつかんでふところに入れた。弥次郎も膝先の切り餅へ手をのばした。

「かたじけない」

霜月が、ほっとしたように顔をくずした。父の気持ちが伝わったのか、かしこまって座っていた三郎太も嬉しそうな表情を浮かべた。

その夜、霜月親子は道場に泊まり、翌朝、迎えにきた弥次郎とともに神田相生町にむかった。

「これから、酒屋を見に行きます」

と、弥次郎は唐十郎に伝えて道場を出た。

4

弥次郎と霜月親子は、小体《こてい》な武家屋敷のつづく通りを歩いていた。小宮山流居合の道場は神田松永町にあり、弥次郎の住む相生町とは隣町である。

この辺りは御徒町《おかち》とも近く、御徒衆の家屋敷がびっしりと並んでいた。いずれも御家人《ごけにん》だが、なかには微禄の貧しい家もあり、狭い敷地を畑にして野菜などを作っている者や手内職などをしている者もあり、通りは雑然としていた。男の濁声《だみごえ》、子供の泣き声、子供を叱りつける女の甲高《かんだか》い声などがあちこちから聞こえてくる。

「わが家でお世話できればいいのだが、なにせ狭いもので。……それに、生まれて一年ほどの赤子がいてな。夜泣きで、おちおち寝てられんのだよ」

歩きながら、弥次郎が照れたように笑った。

弥次郎の家は仕舞屋だが、居間や寝間として使っている座敷が三間、それに台所と納戸があるだけの狭い家だった。

家族は弥次郎のほかに妻のりつ、九歳になる娘の琴江《ことえ》、それに去年の秋生まれた太郎《たろう》がいた。弥次郎の言うように狭い上に賑《にぎ》やかな一家であった。

「突然、押しかけて身勝手な依頼。さぞかし、本間どのも立腹されたであろうな」

霜月は申し訳なさそうに言った。

「何を言う。まずもって、道場を訪ねてくれたことを喜んでいるのだ。若先生も同じ気持ちだよ」

弥次郎は笑みを浮かべながら言った。

「そう言っていただけると、ほっとします」

「それより、霜月、この辺りは、ふたりでよく歩いたところだ。むかしのことを思い出さぬか」

「思い出します。あのころは、おたがい若かった」

「ああ、二十歳《はたち》前後だったな」

弥次郎の家は、百石の御家人で小普請《こぶしん》だった。ところが、父の彦九郎《ひこくろう》が酒席で支配組頭になじられ逆上して刃傷沙汰を起こしてしまった。そのため家禄を失い、本間家は路頭に迷うことになった。弥次郎が、十五歳のときである。

困窮のなかで、彦九郎は何とか嫡男の弥次郎には剣で身をたてさせようと考え、当時盛っていた小宮山流居合の狩谷道場へ通わせた。

それから、三年ほどしてひとつ年下の霜月が入門してきた。小宮山流居合は初めてだったが、国許で田宮流を学んでおり、一年も経つと弥次郎とそれほどかわらぬ腕になった。当初は藩士と牢人《ろうにん》の倅という環境のちがいもあってあまり口もきかなかったが、弥次郎が師範代になってから急に親しくなった。

弥次郎が狩谷道場の師範代に抜擢されたのは、二十一歳のときだった。歳に比して腕は抜群だったが、若い弥次郎が師範代になったのは腕のほかにも理由があった。

傘張りや日傭取《ひようとり》などで何とか暮らしを支えていた彦九郎が、病《やまい》に倒れたのである。弥次郎は剣術の稽古どころではなくなった。このとき、すでに母親は病死していたため、弥次郎は父を看病しつつ暮らしの糧《かて》を得ねばならなかったのである。

弥次郎は失意のうちに、道場をやめることを決意した。

その旨《むね》を伝えに来た弥次郎に、道場主の重右衛門は、

「やめることはあるまい。明日から師範代として来てもらう。父子《おやこ》ふたりぐらいの食い扶《ぶ》持《ち》は出す」

そう言って、ひきとめたのである。

重右衛門の師としての温かい心配りに、弥次郎は感涙し、言葉も出なかった。

それというのも、入門時の束脩《そくしゆう》や門弟からの謝礼はわずかで道場の経営だけでは狩谷家の暮らしさえたちゆかず、重右衛門がひそかに討っ手や介錯などの仕事に手を染めているのを、弥次郎は知っていたのである。

弥次郎は重右衛門の配慮で稽古をつづけたが、同年齢や年上の門弟たちからは不満の声がもれた。若い弥次郎が、門弟に教授する師範代になったための妬《ねた》みである。そうした不

満は、弥次郎に対する陰湿な陰口や蔑視となってあらわれた。

とくに弥次郎に辛辣《しんらつ》な言葉を浴びせたのが、霜月と同じ垂江藩の柴垣甚内《しばがきじんない》だった。柴垣は、弥次郎より年上だったこともあり、顔をつぶされたと思い、本間はお師匠の夜伽《よとぎ》でもしているのだろう、とまで言って揶揄嘲弄《やゆちょうろう》した。

だが、霜月は弥次郎が師範代になったことに不満を持たなかった。

……本間どのは、師範代にふさわしい腕だ。

と、実力本位の見方をしたからである。

そして、霜月は他の門弟が弥次郎を避けたり陰で悪口を吐くのを聞いて、武士にふさわしからぬ卑怯《ひきよう》な振る舞いと断じ、積極的に弥次郎にちかづき親密さを増したのである。

ある日、弥次郎が稽古を終えて帰る途中、柴垣たち三人の門弟が行く手をふさぐように立った。

「どうだ、おれたちに稽古をつけてくれぬか」

柴垣が嗤《わら》いながら言った。

三人は酒に酔っていた。しかも、初めから弥次郎を待ち伏せして打擲《ちょうちゃく》するつもりだったらしく、手に手に竹刀や棒切れを持っていた。

弥次郎は、相手にせず柴垣の脇をすりぬけようとした。そのとき、脇にいたひとりが突然棒で殴りかかってきた。その一撃が、弥次郎の脇腹に当たり、思わず息がつまってその場にうずくまってしまった。

それを機に、三人は手にした竹刀や棒で容赦なく打ちかかってきた。弥次郎は抵抗できず、かがみ込んだまま激しい打撃に耐えていた。

そのとき、ふいに、喧嘩だ！　喧嘩だ！　という大声が聞こえた。近所の雨戸をたたき、番屋に知らせてくれ、とわめく声もした。

バタバタと戸のあく音がし、あっちだ、お侍だぞ、などという声が起こり、辺りに人の集まってくる足音が聞こえると、

「本間、これは稽古だぞ」

と捨て台詞《ぜりふ》を残して、柴垣たちは駆け去った。

「本間、しっかりしろ」

その場にうずくまっていた弥次郎を助け起こしたのは、霜月だった。通りかかった霜月が、騒ぎを起こして助けてくれたらしい。

「これくらいの傷、たいしたことはない」

弥次郎は起き上がった。全身が激しく痛んだが、命にかかわるような傷ではなかった。おそらく、擦り傷と打ち身だけだろう。

「卑怯なやつらめ」

霜月はわが事のように柴垣たちを憎み非難した。

その事件後、弥次郎と霜月の仲はさらに親密になった。ふたりは稽古の後、この御徒町の通りを肩を並べて歩き、居合や将来のことなどを語り合ったのである。

……霜月のお蔭でどんなに勇気づけられたかしれぬ。

弥次郎は歩きながら若いころのことを思い出し、できるだけ霜月を助けてやろう、と心の内でつぶやいた。

「霜月、空家へ行く前にわが家へ寄ってくれ。出がけに、りつに話してきたのでな。茶ぐらい用意しているだろう」

弥次郎が言った。

霜月は、妻女までわずらわせては申しわけない、と言って断ったが、

「遠慮するような家ではないぞ」

そう言って、弥次郎はふたりを同行した。

表の引き戸を開けると、あわただしく障子を開け閉めする音がし、上がり框《がまち》の所へ琴江があらわれ、かしこまって座ると、

「いらっしゃいまし」

と大人びた声で、三人の男を出迎えた。

少し遅れて、りつが小桶《こおけ》を持って土間に姿を見せ、すすぎを出した。

弥次郎がりつと琴江に霜月親子を紹介し、親子が挨拶し終えると、りつはふたりの手に

していた菅笠《すげがさ》を預かり、

「遠路、お疲れでございましょう。まずは、お足をゆるめて、おくつろぎくださいまし」

そう言って、親子の草鞋《わらじ》を解かせた。

「太郎はどうしたな」

親子がすすぎを使っているのを見ながら、弥次郎が訊いた。

「ちょうど、寝付いたところですよ」

りつは、少しはだけた襟元を指先で合わせながらほっとした表情を浮かべた。あるいは、来客が来る前に寝かし付けようと、添い寝でもしていたのかもしれない。

琴江は目を瞠《みひら》いて三郎太の姿を見つめていた。

琴江は、自分よりひとつふたつ年下だろうと思った。色白の顔立ちのすっきりした少年で、近所の同年齢の男子にはない武家らしい毅然とした雰囲気があった。そんな三郎太を男らしく思ったが、無理に肩を張っているような危うさも感じ取っていた。痩せた体と黒《くろ》眸《め》がちの目のせいかもしれない。その目には、何かに怯《おび》えている雛鳥《ひなどり》のような弱々しさがあった。

……この子を助けてやろう。

琴江は、そう決めた。

来客ふたりが居間に座るのを見届けると、琴江はすぐに台所へ飛んでいった。母から、茶を淹《い》れる手伝いをするよう言われていたのだ。もっとも、母親から頼まれなくとも、琴江は手伝ったろう。

「あたしが、お出しする」

琴江は、盆に乗せた茶器を母親の手から奪うようにして取ると、いそいそと居間へ入っていった。

5

「おお、これなれば」

霜月は空家を見て大きくうなずいた。

空家は表通りから路地を入った裏通りにあった。道の両側は、八百屋、舂米屋《つきまい》など小体な店や仕舞屋などが軒を連ねていた。賑やかな通りではなかったが、ぽつぽつと人通りもある。

「しっかりした造りだ。われら親子にはじゅうぶん過ぎるほどでござる」

小さな店だが、酒屋らしいしっかりした造りで、それほど傷《いた》んでもいなかった。ただ、空家になってだいぶ長く放置されたらしく店舗の周囲は雑草でおおわれ、家屋全体が埃《ほこり》をかぶったようにくすんで見えた。

戸口には雨戸がたてられ、脇の格子窓には侵入者を防ぐために板が内側から打ち付けられている。敷地の周囲には板塀がめぐらせてあったが、塀の脇の露地から裏口へもまわれるようだった。

「よければ、すぐにも家主に当たってみるが」

弥次郎が言った。

この家の持主だった男は博奕《ばくち》で身をもちくずし、五年ほど前、懇意にしていた近くの酒屋の大店《おおだな》に店を売ったのだが、その後買い手もなくそのまま放置されていた。今の家主は土地を手放したくないらしく、借地が条件だと弥次郎は聞いていた。限られた期間だけ住む霜月親子にとっては、かえって好都合の出物である。

「半年ほどなら家も借りればいいだろう。十五両の半分も出せば、じゅうぶんだよ」

弥次郎が言うと、

「少し大工の手を入れたいがかまわんかな」

と、霜月が訊いた。

「それも話してみる。否とはいわんよ。むこうは、おぬしのような武家に住んでもらうだけでも有り難いと思うはずだ。……大工の方の手筈も、おれがしよう」

「かたじけない」

霜月は弥次郎に頭を下げた。

弥次郎は、その日の午前中に家主に話をつけ、午後からは男三人に琴江もくわわって大掃除を始めた。掃除といっても、家のなかはがらんとして家具や持ち物は何もなかったので、積もった埃をたたき床を雑巾で拭くだけである。

琴江は手ぬぐいを姐《あね》さんかぶりにし、襷《たすき》で両袖を絞ってかいがいしく立ち働いた。女手ひとりということもあって、ことのほか張り切っていた。とくに、三郎太にはあれこれ話しかけ、少しなれて来ると姉のような口調になることもあった。

そんな琴江の働きもあって、夕方には霜月親子の寝間となる部屋と居間の掃除を終えた。

「何とか、住めそうだ」

弥次郎が夕闇の忍んできた部屋を見まわしながら言った。

家具や調度品は何もなくがらんとしていた。父子ふたりで住むには広すぎるほどである。思いのほか、雨戸や障子などの立て付けもしっかりしていて、隙間風や雨漏りなどの心配もなさそうだった。

掃除が終わると、琴江は三郎太を居間に引っ張っていって、袂《たもと》にいれて持って来たらしい千代紙を広げて遊びだした。

和紙に市松模様や折鶴などの絵模様の入った江戸千代紙である。三郎太は綺麗な千代紙がめずらしいらしく、何枚か琴江にもらって、ひどく喜んでいた。

「琴江、帰るぞ」

いつまでも座ったままの琴江を急《せ》き立て、弥次郎親子は家を出た。

霜月親子はその夜から相生町の家に住み始めた。二日後には弥次郎が世話した大工が入り、改装にもとりかかった。

それから十日ほど後、夕餉《ゆうげ》の片付けを終えた琴江が、弥次郎のそばに来て、

「父上、三郎太さん、体の具合でも悪いんじゃないかしら」

と、言い出した。

「どうしたな」

弥次郎が訊いた。

このところ、連日のように琴江が霜月の家に様子を見に行っているのを、弥次郎は知っていた。琴江が霜月父子の所へ出かける理由は、三郎太にあるらしかった。慣れない江戸でつらい思いをさせるのはかわいそうだもの、などともっともらしいことを言っていたが、本音は姉のような気持ちになっていて、三郎太の世話を焼きたいようなのだ。

「雨戸を閉め切ったままで、出て来ないの」

琴江は細い眉を寄せて、不満と不安のまざったような顔をした。

「どうしたのであろうな」

弥次郎もそのことは気になっていた。

霜月父子が空家に住み始めてから二度ほど弥次郎も行って見たが、父子ふたり雨戸を閉ざしたまま家のなかに引きこもっていたのだ。しかも、大工に手を入れさせたのは家まわりの戸締まりや板塀の補強などがほとんどで、住み心地を良くするための内部改修にはほとんど手をつけていなかった。霜月は敵の目を逃れるためと不意の襲撃にそなえるためだけに大工を入れたようなのである。

……少々警戒の度がすぎている。

弥次郎はそう感じていた。

「琴江、ふたりにも都合があるのであろう」

弥次郎は琴江の頭に手をやって、なだめるように言った。

「でも、三郎太さんはいないようなの」

琴江は弥次郎を不安そうな目差《まなざし》で見上げ、ずっと板塀のそばにいたけど、三郎太さんの声が聞こえなかったもの、と言った。

「ふたりで出かけたのではないのかな」

「ううん、霜月さまと別の男の人の声はしたの。それに、三郎太さんの足音もしなかったし……」

「妙だな」

琴江の言うことにまちがいはないだろうという気がした。それに、別の男の声が聞こえたというのも気になった。来訪者がいたのである。霜月父子が相生町の借家に住んでいることは、弥次郎の妻子と唐十郎しか知らないことだった。むろん妻子や唐十郎が他言するはずはない。

「様子を見てくるか」

弥次郎は琴江に霜月と会って来るから家にいるよう言い置いて、借家へ足を運んだ。

弥次郎が裏通りへ入り借家の斜《はす》向かいにある八百屋の前まで来たとき、借家の板塀の向こうに人影が見えた。ひとりのようである。武士らしいが、深編笠しか見えなかったので何者かは分からなかった。深編笠の男は枝折り戸から通りへ出て来るようである。

弥次郎は八百屋の角にたたずんだまま男が出て来るのを待った。

……霜月のようだ。

深編笠の男は牢人体《てい》で、しかも顔を隠していたが、その体付きから霜月であることは分かった。

霜月は、こっちへ向かって歩いて来た。

弥次郎はすばやく八百屋の店先へ入り、積んである大根の陰へ身を隠すようにして霜月をやり過ごした。

霜月は足早に表通りの方へ向かって歩いて行く。深編笠をかぶっていることもあって、霜月は弥次郎に気付かなかったようである。

……どこへ行くつもりだ。

弥次郎は尾《つ》けてみることにした。

三郎太がいっしょでないのも気になったが、まず霜月の行き先をつきとめてみようと思ったのである。

霜月の後ろ姿が半町（一町は約一〇九メートル）ほど離れたとき、弥次郎は八百屋の店先から離れて後を尾け始めた。

霜月は町家のつづく通りを足早に歩き、神田川縁《べり》の道へ出ると右手にまがった。その先は湯島《ゆしま》、本郷《ほんごう》へとつづく。

……上屋敷へでも行くつもりか。

垂江藩の上屋敷が本郷にあることを弥次郎は知っていた。

筋違御門《すじかいごもん》の前まで来たとき、ふいに霜月は右手にまがり姿が見えなくなった。下谷御成《したやおなり》街道へ入ったのである。

弥次郎は駆けた。下谷御成街道は大勢の通行人で賑わっていた。行き交う老若男女の間に、小走りに遠ざかる霜月の後ろ姿がちらっと見えた。だが、それも一瞬で、霜月はさらに町家の間の道を左手にまがって姿を消した。

弥次郎は後を追った。すぐに、霜月のまがった通りへ駆け込んだが、霜月の姿がない。

……まかれた。

と弥次郎は直感した。

そこは、神田旅籠《はたご》町で小体な店が軒を連ねる路地が入り組んでいる。どこかの路地へ入り込めば姿を消すことができ、尾行者をまくにはもってこいの通りだった。

ただ、霜月が弥次郎の尾行に気付いたわけではないようだった。おそらく、霜月は尾行者や襲撃者を警戒し、外出時は常にそうしているのであろう。

6

弥次郎はすぐに相生町にとって返した。霜月の行き先がつきとめられないなら、家に三郎太がいるかどうか確かめてみようと思ったのである。

家のなかは森閑《しんかん》として人声も物音も聞こえなかった。雨戸はぴったりと閉ざされ、人のいる気配がない。

弥次郎は霜月の出て来た枝折り戸からなかに入ってみた。表戸は心張り棒でもかけられているらしく、動かなかった。裏手にもまわってみたが、やはり板戸が閉められている。

……なかを覗《のぞ》いてみるか。

板戸を外して侵入するのも気が引けたので、弥次郎は節穴からでもなかを覗いてみようと思った。

すでに何度もなかに入っているので、家の間取りや三郎太がいるであろう座敷の見当はついていた。

雨戸の節穴や戸の隙間から、居間や寝間など目星をつけた部屋を覗いて見たが、暗く静まり返っているだけで三郎太はむろんのこと、人影はまったくなかった。

……三郎太はどうしたのだろう。

弥次郎は胸騒ぎを覚えた。

この家以外、江戸に三郎太が身を隠すような場所はないはずだった。それに、父子が離れて三郎太だけ別の場所に行くというのも変である。霜月父子の間に、何事か異変が起きたのではあるまいか、と弥次郎は思った。

……どうしたものか。

弥次郎は迷った。

霜月父子のことが心配だったが、いつ帰るとも知れない霜月をこの場で待ちつづけるわけにもいかなかった。

結局、弥次郎は今日のところはこのまま帰り明日あらためて出直すことにした。

だが、翌朝も霜月父子は、相生町の家に姿を見せなかった。まったく人気《ひとけ》のないままである。

霜月の姿を見かけたのは、その日の夕方だった。松永町の道場に出かけ助造に稽古をつけた帰りに、もう一度立ち寄ってみたのである。

ちょうど、霜月が枝折り戸からなかに入るところだった。身装《みなり》は昨日目にした牢人体のままである。

「霜月、どこへ行っていた」

駆け寄って、弥次郎が声をかけた。

「い、いや、所用で……」

深編笠を取った霜月は、慌てたように口ごもった。

「三郎太の姿がないようだが」

「し、知り合いのところへな。……すぐにもどってくるはずだが」

「ここ数日、三郎太は家にいないのではないか」

弥次郎は重ねて訊いた。

「そ、それは……」

霜月の顔が、狼狽《ろうばい》と困惑にゆがんだ。

「何があった。わけを話せ」

弥次郎は詰め寄った。

「と、ともかくなかへ。このような場所で、立ち話をするわけにはいかぬ」

そう言うと、霜月は裏手にまわり、小柄《こづか》で板戸を外しそこからなかに入って裏口の戸を開けた。

霜月は弥次郎を居間に連れていくと、廊下側の雨戸を開けてひかりを入れた。やはり、家のなかに三郎太の姿はなかった。

「女手がないと、暮らしにくい。それで、遠縁にあたる定府の者に相談し、一時三郎太をあずかってもらうことにしたのだ」

霜月は言いにくそうに視線を落としたまま話した。

江戸勤番のほとんどの家臣は単身赴任だが、藩主の参勤には同行せず、江戸に長くとどまって江戸藩邸の管理や幕府との交渉、情報収集などにあたる定府の者には妻帯者もいる。

……だが、虚言だろう。

と弥次郎は思った。

定府の者にあずけたのでは、そこから情報が洩《も》れる恐れがある。大工まで入れて改装したほど敵の目を警戒している霜月が、男手だけでは暮らしにくいなどという理由で、倅を藩士にあずけるはずはなかった。

「霜月、何があったのだ」

弥次郎は霜月の顔を直視し、語気を強くした。

「………」

霜月は顔をこわばらせて黙っている。

「道場で話したことは偽りか」

「いや、そのようなことはない」

霜月は強い視線で弥次郎を見返した。

「ならば、本当のことを話せ。同じ家臣の許に倅をあずけたのでは身を隠したことにはなるまい。いったい、この家は何のために借りたのだ」

「………」

「おれには話せぬということか」

弥次郎は、たとえ霜月が国許で大罪を犯して逃亡してきたのであっても匿《かくま》ってやろうと思っていただけに、霜月の隠し事が悔しかった。

「本間どの」

霜月が訴えるような目で弥次郎を見つめ、両手を床についた。

「殿のため、垂江藩八万石のため、たとえ本間どのであっても、いまは子細を話すことはできぬのだ」

両手をついたまま、霜月は絞り出すような声で言った。

「なら、倅の行き先だけでも話せ」

弥次郎は執拗に訊いた。

「本間どの、明日にも三郎太はここにもどる。それに、縁者の娘がわれら父子の身のまわりの世話をしてくれることにもなっているゆえ、しばらくの間、われら父子のことに目をつぶっていてくれ。頼む」

「………」

弥次郎は口をつぐんだ。そこまで言われれば、それ以上詮索することはできなかった。

第二章　鬼眼流《きがん》

1

「あら、もう帰っちまうのかい」

吉乃《よしの》は乱れた髪に手をやりながら、恨《うら》めしそうな顔をして唐十郎を見つめた。

佐久間《さくま》町の神田川縁にある料理屋『つる源《げん》』の二階だった。吉乃はこの店のかかえの芸者で、唐十郎とは二年越しの馴染《なじ》みである。

夕方、つる源に立ち寄った唐十郎は酒を飲み、吉乃にさそわれるまま肌を合わせたのである。

「流連《いつづけ》というわけにもいくまい」

ふところは暖かかったし、流連してかまわなかったのだが、唐十郎は酒と肉欲に溺《おぼ》れた己の体を晩秋の冷たい夜風に晒したかったのである。

立ち上がって身繕いをした唐十郎は、愛刀の備前祐広《びぜんすけひろ》と霜月からあずかった袖の雪を腰に差した。刀身の長さはともかく、拵えはちょうど大小になっている。

備前祐広は、父、重右衛門の形見の居合刀である。刀身は二尺一寸七分、腰反《こしぞ》りで身幅《みはば》が狭く、切れ味の鋭い実戦刀であった。

「今度はいつ来てくれるんだい」

吉乃は少しむくれたような顔をして蓮《はす》っ葉《ぱ》なもの言いをした。

「気がむけば、明日にも来よう」

唐十郎はそう言い置くと、下まで送って行く、と言って襦袢《じゅばん》のまま立ち上がった吉乃を制して、ひとり座敷を出た。

外は満天の星空だった。夜気には肌を刺すような冷気があり、酒と淫事に弛緩《しかん》した肌には心地好かった。

唐十郎は縦縞《たてじま》の袷《あわせ》を着流し、神田川縁の道を飄然《ひょうぜん》と歩いていた。すでに、町木戸の閉まる四ツ（午後十時）は過ぎている。通りに人影はなく、ときおり料理屋や船宿などの灯が落ちているだけで、家並はひっそりと夜の帳《とばり》に沈んでいた。

ヒタヒタと背後で足音がした。酔客や家路を急ぐ者の足ではない。獣が獲物に接近するような緊迫したひびきがある。

……おれを追ってきたようだ。

と唐十郎は察知した。

唐十郎は振り返って見た。人影はふたつ、二刀を帯びた武士である。ふたりとも覆面で顔を隠していた。間隔は半町ほど、足早に間をつめてくる。

黒羽織に袴姿で、辻斬りや夜盗ではないようだったが、何者かは分からなかった。いずれにしろ覆面で顔を隠している以上、唐十郎に敵対する者たちとみていいだろう。

ゆらり、と唐十郎は川縁へ立ち止まった。夜風に吹かれ心地好い気分に浸《ひた》っているのに、走って逃げるのは興醒めだと思ったのである。

ふたりの武士は追いつくと、川端に立つ唐十郎を左右から挟むように立った。そのまま斬りかかってくるような気配はなかった。

「おれに用か」

唐十郎が訊いた。

「そこもとが狩谷唐十郎どのか」

右手に立った痩身の男が誰何《すいか》した。壮年らしい重いひびきのある声だった。

「いかにも」

「されば、過日、霜月竜之助なる者がそこもとの許《もと》へ参ったはずだが」

「知らぬな」

素っ気なく唐十郎は答えた。腹の内で、やはり霜月にかかわりある者かと思った。おそらく、垂江藩の家臣であろう。

「霜月の所在を教えていただきたいが」

もの言いは丁寧だったが、声に恫喝《どうかつ》するようなひびきが加わった。細い目が睨《ね》めるように唐十郎を見つめている。

「他人《ひと》にものを尋ねるなら、まず覆面を取ってからだな」

「なに！」

左手に立っていた男が声を上げて、腰の刀に手を添えた。

刹那《せつな》、全身から痺《しび》れるような殺気を放射し、獣が獲物に飛び掛かる寸前のような身構えを見せた。

……こやつ、居合だ！

と、唐十郎は察知した。

一瞬、居合腰から抜刀の構えをみせたのだ。手練《てだれ》とみていい。腰が据わり、身構えに一分の隙《すき》もなかった。中肉中背だが、異様に胸が厚く首や腕が太い。長年特殊な鍛練をつづけた者の体である。

唐十郎は祐広の柄に右手を添え、わずかに後じさった。まず、左手の男の居合の抜き付けの間から身を引いたのである。

「待て」

右手の男が片手を上げ、まだ早い、と小声で言って制した。

「もうひとつ訊く」

右手の男がつづけた。

「そこもとは、刀の目利きもされると聞く」

「いかにも」

「なれば、備前長船住、長光の名はご存じであろう」

「知っているが」

「その長光の小脇差を霜月から預かってはおらぬか」

「さて、知らぬな」

唐十郎は柄に手を添えたまま言った。

まだ、左手の男は殺気を放射し、抜刀の気配を見せていた。底びかりのする双眸《そうぼう》が、唐十郎を射るように見つめている。

「あくまで白《しら》を切るなら、そこもとを斬らねばならぬが」

「斬れるかどうか、やってみるがいい」

唐十郎は腰を居合腰に沈め、抜刀の構えをとった。

「うぬも居合か。おもしろい」

左手の男の全身に気勢が満ち、腰を沈め抜こうとしたとき、待て、と言って右手の男がとめた。

「こやつを斬るのは早い」

「……」

一瞬、左手の男の目に怒気が浮いたが、すぐに表情を消して後じさった。

じゅうぶん間合を取ると、腰の刀から手を離し、

「いずれ、斬ることになろう」

そう低い声で言うと、きびすを返した。もうひとりの男も反転して、足早に夜陰のなかへ去っていった。

唐十郎はふたりの背を見送りながら、それにしても、早い、と思った。

袖の雪と称する長光の守刀をあずかったときから、いずれ垂江藩のお家騒動の渦中に巻き込まれることは分かっていたが、霜月が道場に訪ねて来てから十数日しか経っていない。いまのふたりは霜月と敵対する一派の者であろうが、すでに霜月が松永町の道場を訪ねたことや、唐十郎の身辺のことまで知っているような口振りであった。

……あやつの居合、あなどれぬ。

唐十郎は、左手にいた武士といずれ勝負することになろうと思った。気になったのは、特異な体軀である。異様に胸が厚く、腕や首が太かった。唐十郎は何か特殊な技を秘めているような気がしたのである。

2

……何かあったか。

唐十郎は、道場内に灯《ひ》があり足音がするのを聞いて足を速めた。すでに、子ノ刻《ねこく》（午前零時）ちかい。助造も寝ているはずだった。

道場に入ると、燭台に火が点《とも》り助造が上半身裸になって、体を手ぬぐいで拭いているのが見えた。

「どうした」

唐十郎が声をかけた。

「お師匠、賊が！」

唐十郎を見て、助造がひき攣《つ》ったような声を出した。

燭台の灯に照らされたその顔がふくれ、額のあたりにどす黒い血が付いていた。見ると、体にも赤いみみず腫《は》れが幾筋かあり、肩や胸のあたりに血が付着している。

助造は小桶《こおけ》に水を汲み、濡れ手ぬぐいで傷口を冷やしていた。どうやら、助造は何者かに打擲《ちょうちゃく》されたようである。

「賊が侵入したのか」

「寝ているところへ、覆面したふたり組が」

「……！」

唐十郎は神田川縁で出会ったふたりだろうと思った。おそらく、道場へ来た後、唐十郎がつる源から帰るのを神田川縁で待っていたのだ。

「傷を見せてみろ」

唐十郎はかがみこんで、助造の傷の様子を見た。かなり強くたたかれたらしく赤くふくれ上がり、皮膚の破れた箇所もあった。

「骨は砕けてないか」

「へえ、大丈夫《でえじょうぶ》そうで」

「それはよかった」

どうやら、打ち身だけで済んだようだ。

「おら、寝込んでいて気付かなかったが、ふたり組は母屋の方を荒らした後ここへ来て、おらを起こし、いろいろ訊いただ」

助造が口をつぐんでいると、ひとりが道場に掛けてある木刀を手にして打ちのめしたという。

「そ、それで、おら、このまま黙ってると殺されると思い、すこしだけ喋っちまっただ」

助造は唐十郎の顔を見上げて、泣き出しそうな顔をした。

「仕方あるまい。命が大事だ。……それで、何を訊かれた」

唐十郎はなぐさめるような口調で言った。

「霜月さまや脇差のことです。おら、お侍が訪ねてきたことは話したが、別の所にいたので名前も訊かなかったし脇差のことも知らねえと答えただ」

「それはいい」

「ですが、お師匠はどこへ行ったと、訊かれたので……」

そこで、助造は言いにくそうな顔をして視線を落としたが、

「柳橋《やなぎばし》の料理屋だと喋っちまっただ。……ですが、店の名は言いませんでした」

と、顔をこわばらせて言った。

「なかなか機転がきくではないか」

助造は、店の名を出さなければ大丈夫と思ったのであろう。おそらく、ふたりは助造の話を聞き、唐十郎が柳橋から神田松永町へ帰るであろう道筋で待っていたのだ。

「そ、それに、おら、母屋が荒らされているのも気付かず寝込んでいて、留守番役もはたせなかったもんで……」

助造は嗚咽《おえつ》が込み上げてきたのか、喉を低く鳴らしながら言った。そのまま顔を伏せ、助造は手の甲でしきりに目をこすった。いまになって、安堵と悔《くや》しさとが胸に込み上げてきたようだ。

「おれの家に、盗《と》られるような物は何もない」

おそらく、賊が探したのは袖の雪だろうと唐十郎は思った。

唐十郎はともかく母屋を見てみようと思い、歩き出すと、助造も着物を羽織って後から跟《つ》いてきた。

ふたりの賊は、石仏の立っている庭から居間に侵入したらしい。廊下の雨戸が一枚はずれ、そこから足跡が座敷につづいていた。

母屋といっても道場と別棟になっているわけではなく、道場のつづきに座敷が三間と台所があるだけである。侵入したふたりの賊は、脇差を見つけるため家捜ししたらしい。衣類や家具が散乱している。座敷にあった長持やつづらのなかをひっかきまわし、夜具や衣類を放り出し、台所の米櫃《こめびつ》のなかまで覗いていた。

それでも発見できず、道場の方へまわったのだろう。

「おかねを驚かせることもあるまい。助造、手伝え」

唐十郎は、座敷に放り出された衣類を長持のなかにもどし始めた。助造もすぐに手を出し片付けを手伝った。

おかねは近所に住む六助《ろくすけ》という大工の女房で、独り身の唐十郎の身のまわりの世話をしに通ってくる。四十がらみの樽《たる》のように太った女で、人はいいのだが、何でも思ったことを口にする。

この散らかった座敷を見たら、大騒ぎするだろう。揚げ句に番屋にでも駆け込まないともかぎらない。

ひどく散乱していたように見えたが、半刻（一時間）もするとあらかた片付いてしまった。もともと家具や調度品はわずかで、衣類や夜具などを元にもどし、泥のついた座敷を雑巾で拭けば始末がついたのだ。


翌朝、だいぶ日が高くなってから唐十郎は、同じ松永町にある『亀屋《かめや》』というそば屋に出かけた。亀屋は貉《むじな》の弐平《にへい》が女房のお松《まつ》にやらせている店である。

貉の弐平は岡っ引きで、風貌が貉に似ていることからそう呼ばれていた。唐十郎は、ときどき弐平に探索や調査を頼むことがある。それというのも、切腹の介錯や討っ手などの依頼を鵜《う》呑《の》みにして引き受けると、逆恨みをされたり、身内や縁者から敵《かたき》として狙われることがあるからだ。

弐平は岡っ引きとしては腕利きだが、金にうるさいのが難点である。

店は開いていたが、まだ暖簾《のれん》は出ていなかった。客はなく、ひっそりとしていた。

「弐平、いるか」

唐十郎が声をかけると、調理場の方から下駄の音がした。

「あら、旦那、お久し振り」

顔を出したのは、お松である。

お松はまだ二十歳《はたち》そこそこ。朝から花模様の派手な着物に厚化粧、愛想笑いを浮かべて近寄ってきた。

「弐平は留守か」

「うちの人なら、奥にいますよ。すぐ、呼んできますから、待っててくださいな」

そう言って、調理場の方へもどると、すぐに弐平をつれてきた。

「旦那が、わざわざお出ましとなると、何かいい話でも」

弐平は前垂れで濡れた手を拭き拭き近付いてきた。どうやら、そばの仕込みでもしていたらしい。

身丈《みたけ》は五尺そこそこだが、妙に顔が大きい。ギョロリとした目で、唐十郎の心底を探るように見ている。

「ちと、相談がな」

唐十郎がそう言うと、弐平はそばに立っているお松に、

「お松、旦那にそばでも出してくれい。朝餉《あさげ》がまだのようだ」

と言って、調理場の方にお松をもどした。

「で、相談といいやすと」

弐平は大きな顔を近付けて小声で訊いた。

「おまえの手が借りたい」

「そりゃァまァ、ひごろ世話になっている旦那の頼みとなりゃァ、どんなことでもやらせていただきやすよ。ですが、まず、話を聞いてからで」

「もっともだ。実はな、垂江藩のことなのだ」

唐十郎は、霜月が道場に来てからのことをかいつまんで話し、まずは、藩の内情を探ってほしい、と頼んだ。

「ヘッヘヘ……。だいぶ入ったんでしょうな」

弐平は目を細めて、身を寄せてくると、唐十郎の鼻先にひらいた片手を突き出した。

「五分か」

「旦那ァ、相手は大名なんですぜ。あっしのようなしがねえ岡っ引きには恐れ多くて、近付くだけでも滝壺に飛び込むような度胸がいるんで」

弐平は大袈裟に顔をしかめた。

「分かった。五両だな」

「へい、それでこそ、野晒の旦那で」

とたんに、弐平は目尻を下げ、調理場の方を振り向くと、お松、てんぷらもつけてやんな、と声を上げた。

3

弥次郎は樽八《たるはち》という一膳めし屋の飯台《はんだい》に腰を落としていた。少し遠かったが、そこから縄暖簾《なわのれん》越しに、霜月父子の住む家の枝折り戸のあたりが見えるのだ。

ここ三日ほど弥次郎は、この一膳めし屋に腰を落としたり、斜向かいにある八百屋のそばに立ったりして、霜月が出て来るのを待っていた。霜月が牢人体に変装して出かける先をつきとめようと思ったのである。

弥次郎は、唐十郎から道場にふたり連れの武士が押し込み家捜ししたことや、つる源からの帰りに話を訊かれたことなどを聞き、

「若先生、袖の雪、わたしにあずからせてはいただけませんか」

と頼んだ。

弥次郎は、やがて敵は唐十郎の命を狙ってくると踏み、脇差を所持することで、垂江藩士の追及の手を自分に引きつけようとしたのである。

今度の一件は自分が霜月との縁から引き受けたような気がしていた。そのため、弥次郎は唐十郎に敵の手が及ぶような事態は極力避けようとしたのである。

「気にするな。この袖の雪は、厄難を切り払う守刀なそうな。持っておれば、わが身を救

ってくれよう」

そう言って、唐十郎は弥次郎の申し出をことわった。当然、唐十郎も弥次郎の心の内は承知しているのだ。

……ならば、わが手で敵の正体を探り、先手を打とう。

そう思い、弥次郎はまず霜月の身辺から探ろうとした。

飯台に腰を落とし、頼んだ酒をチビチビやりながら霜月の家の方に目をやっていると、見覚えのある人影が枝折り戸の向こうに見えた。

深編笠の牢人体の男。変装した霜月である。弥次郎はすぐに立ち上がり、店のあるじに銭を払って外へ出た。

霜月は表通りの方へむかって歩いて行く。以前と同じ方向である。弥次郎は、すぐに後を追った。

枝折り戸の前を通りかかったとき、戸口のところにチラッと女の後ろ姿が見えた。すぐに家のなかに消えたが、萌黄《もえぎ》地に花鳥模様の華やかな小袖が目についた。霜月が言っていた縁者の娘らしい。かなり高禄の藩士の子女か、奥女中でもしていたような雰囲気があった。

昨日、様子を見にいった琴江が、家のなかで男の子の声がした、と言っていたので、三郎太も家にもどっているのだろう。

霜月は神田川縁の道を湯島の方へむかって足早に歩いていく。そして、筋違御門の前まで来ると、右手にまがった。以前と同じ道筋である。

弥次郎は少し間をつめた。下谷御成街道は大勢の通行人で賑わっているので、近付いても気付かれる恐れはなかった。

七ッ（午後四時）ごろであろうか。陽は西にかたむき、長く伸びた家並の影が街道をおおい、行き交う人々は夕暮れの気配にせかされるように足早に行き来している。

霜月は前と同じ場所で、左折しなかった。さらに一町ほど寛永寺《かんえい》の方に歩いたところで、左手にまがった。尾行者をまくために同じ道を避けているようである。

弥次郎は駆け出した。この前は、街道を左折した直後に霜月の姿を見失ったのである。だが、今度は用心して間をつめていたためまかれなかった。十間《けん》（一間は約一・八メートル）ほど前方に霜月の後ろ姿が見えた。

霜月はすぐに右手にまがり、神田明神下《みようじんした》の通りを横切り中山道《なかせんどう》へ出て本郷《ほんごう》の方へむかった。

本郷にある上屋敷へ行くつもりかと思ったが、霜月は湯島の聖堂の裏手を過ぎると、すぐに右手の路地に入り、町家のつづく通りをしばらく歩いてから板塀をめぐらせた仕舞屋に入っていった。

だいぶ古い仕舞屋である。敷地内は丈の高い雑草が生い茂り、家の周囲にめぐらせた板塀は所々朽ちて落ちていた。それでも住人はいるらしく、霜月が戸口に立って声をかけると、なかから男の声で返事があり引き戸があいた。

霜月を迎え入れたのは、羽織袴姿の武士だった。

……垂江藩士のようだ。

と、弥次郎は思った。

ここで、藩士と会っているようである。霜月は出奔と言っていたが、藩士のなかには味方する者もいて、ここで密かに会っているのかもしれない。

弥次郎が身を隠す場所を探すと、板塀の脇に狭い空地があり、笹《ささ》や灌木《かんぼく》が藪《やぶ》のように生い茂っていた。弥次郎は通りにちかい灌木の陰に身をひそめた。

この家は、弥次郎が推測したとおり藩士たちの密会の場所になっているらしかった。霜月が入った後、藩士と思われる男が三人、なかに入っていった。

やがて陽が沈み、辺りを夕闇がおおい始めた。そこは狭い裏通りで、仕舞屋や裏店などがまばらにあったが、空地や藪、古い材木などの積んである場所もかなりあった。

暮れ六ツ（午後六時）を過ぎると、裏店は表戸を閉め人影も途絶えて、通りはひっそりと静まりかえった。

弥次郎は霜月たちのいる家のそばに近寄った。なかの様子を探ってみようと思ったのである。板塀の隙間から覗くと、かすかに灯が洩れ、ぼそぼそと話し声が聞こえた。ただ、声が小さすぎて話の内容までは聞き取れない。

そのとき、弥次郎は通りの先にかすかな足音を聞き、振り返って見た。

濃さを増してきた夕闇のなかに、いくつかの黒い人影が見えた。こっちへむかってくる。五、六人はいようか。いずれも、二刀を帯びた武士である。

弥次郎は板塀の陰に身を隠しながら、さっきまでひそんでいた灌木の陰にもどった。

一団が弥次郎の前を通るとき、痩身の武士が、ひとりも逃すな、と命ずるような口調で言った。他の五人はうなずき、ひとりが、若君もおられようか、と訊いた。痩身の武士が、分からぬ、ともかく、家捜ししてみることだ、と念を押すように言った。

どうやら、この痩身の男が一団の頭目格らしかった。四十半《なか》ば、鼻梁の高い、頬の抉《えぐ》れたような面長の顔をしていた。

……どこかで見たようだが。

弥次郎は、痩身の武士に見覚えがあるような気がしたが思い出せなかった。

一団は仕舞屋ちかくまで来ると足音を忍ばせ、戸口の前に並ぶように立った。殺気だった雰囲気がある。六人は申し合わせたように黒羽織を脱ぎ、刀の下げ緒で襷《たすき》をかけ袴の股《もも》立《だち》を取った。

……襲撃する気だ！

弥次郎は腰を浮かした。

身拵えのすんだ六人は、足音を忍ばせて敷地のなかに入っていった。戸口の前に立ったひとりが戸をたたきながら、

「火急の知らせでござる！　上屋敷からの知らせにござる！」

と、声を上げた。

その声に応ずるように床板を踏む音がし、戸口に人影があらわれた。同時に六人の武士が動き、板戸を蹴破る音がし、いくつもの白刃が夕闇のなかに鈍いひかりを放った。

「敵襲！　諸井《もろい》一派の襲撃でござる！」

戸口へあらわれたひとりが叫んだ。

つづいて、闇をつんざくような絶叫があがった。叫び声をあげたひとりが、待ち構えていた武士に斬られたのである。

すぐに、家のなかの灯《ひ》が消え、複数の足音とともに慌ただしく障子を開ける音や家具を倒すような音がひびいた。

「逃がすな！」

叫びざま、襲撃者たちは雑草の生い茂った庭の方にばらばらと走った。廊下側から庭に飛び出して来る者を迎え討とうとしているのだ。

4

弥次郎は着ていた羽織を脱ぎ捨て、袴の股立を取ると、仕舞屋の方に駆け出した。垂江藩の騒動の一方に荷担するつもりはなかったが、

……霜月を助けねば！

と思ったのである。

庭の方から、怒号や床板を踏む音などが聞こえ、家のなかからひとり牢人体の男が飛び出してきた。霜月である。

「逃げろ！」

霜月が叫んだ。

つづいて藩士らしい男が三人、姿を見せ庭へ飛び下りた。

「斬れ！　斬れ！　ひとりも逃すな」

襲撃者のひとりが甲高《かんだか》い声を上げた。

六人は、飛び出してきた四人を取り囲むように走った。迅速《じんそく》な動きである。獲物を追う狼のようである。

斬り合いが始まった。甲高い気合や怒号、激しい剣戟《けんげき》の音、地面を踏む音などが飛び交

い、夜陰に白刃が交差し、青火が散った。

ギャッ！という絶叫が上がり、家から出てきたひとりが、身をのけ反《ぞ》らせた。襲撃者のひとりが逆袈裟《ぎゃくげさ》に斬り上げた一撃が、腹部をえぐったのだ。

……できる！

走りざま弥次郎は、六人の襲撃者はそれぞれ相応の遣い手であることを見てとった。

残った霜月たち三人は、家の縁先や板壁の方に追いつめられていた。霜月の左右にふたりいた。右手のひとりが青眼《せいがん》に構え、左手は八相《はっそう》だった。

「助勢いたす！」

弥次郎は声を上げ、まっすぐ左手の男の脇へ走った。

左手の男は、八相に構えたまままきびすをまわして弥次郎の方に体をむけた。駆け寄る弥次郎の姿を見て驚いたような顔をしたが、逃げようとはしなかった。構えに気魄を込め迎え討つ体勢をとった。

弥次郎は刀の柄に手を添え、やや前屈みの体勢で真っ直ぐ疾走した。夜陰のなかを走る獣のようである。

……小宮山流居合、虎足《こそく》。

居合は抜き付けの一刀で勝負が決まる。まず、素早い寄り身と鋭い一撃で敵を仕留めねばならない。虎足は、猛虎のような鋭い寄り身で敵の正面に踏み込み、遠間《とおま》から敵の鍔元《つばもと》へ抜き付ける技である。

ヤアッ！

裂帛《れっぱく》の気合を発し、弥次郎は八相に構えた敵の左肘あたりに抜き付けた。

シャッ、という刃唸りとともに、弥次郎の腰元から閃光が疾《はし》り、切っ先が八相に構えた男の左肘に伸びた。

オオッ、と声を上げ、男は半歩身を引いてこの切っ先をかわした。だが、弥次郎の鋭い抜き付けの一刀に、腰が浮き構えがくずれた。慌てて、腰を入れて上段に構えなおそうとした一瞬の隙《すき》を、弥次郎がとらえた。

踏み込みざま刀身を返し、横一文字に払ったのだ。

――小宮山流居合、稲妻《いなずま》。

通常、稲妻は上段から間合に入ってきた相手の胴に、抜き付けの一刀を横一文字に払って、胴を浅斬《あさぎ》りに薙《な》ぐ技である。

弥次郎は、この稲妻を虎足から連続して遣ったのである。

横に払った弥次郎の斬撃が、両手を上げた男の腹を横一文字にえぐった。グワッ、と呻《うめ》き声を上げ、男は腹を押さえてその場にうずくまった。その腹部から臓腑があふれ出ている。

「霜月、逃げろ！」

弥次郎が叫んだ。

ちょうど、霜月も抜き付けの一刀を対峙《たいじ》した男の肩口へ浴びせたところだった。肩を斬られた男は後じさり、霜月の前方をふさぐ者はいなかった。

「だが、仲間の者が」

霜月は逡巡していた。

「かなわぬ、逃げるしか手はない」

すでに、ふたりの味方のうち、ひとりは斬られ、もうひとりは三人にかこまれて板壁のところへ追い詰められていた。必死に抵抗しているが、敵刃から逃れられそうもなかった。

「許せ！」

一声叫んで、霜月は駆け出した。弥次郎も後を追う。

霜月が戸口のそばまできたとき、ふいにその足がとまった。出口をふさぐように人影が立っている。

異様な巨軀だった。顎が張り、鼻や目の大きな怪異な風貌の男である。三尺五、六寸はあろうかと思われる長刀をひっ提《さ》げていた。六人のなかにはいなかった男である。遅れて来たのかもしれない。

「うぬは、土門万兵衛《どもんまんべえ》」

霜月の顔がひき攣《つ》った。激しい興奮と恐怖で体が震えている。

「ここは通さぬ」

土門は嗄《しわが》れ声で言い、のそりと霜月の前につっ立った。

「うぬは、諸井派に与《くみ》したか」

「おれの腕を高く買ってくれたのでな」

言いざま、土門は抜刀した。身幅の広い剛刀である。

土門は青眼に構えた。どっしりとした大樹のような構えである。端から見た弥次郎の目にも、土門の巨軀がさらに大きく膨れ上がったように感じられた。

……できる！

弥次郎は、霜月では歯が立たぬと直感した。

「待て、こやつはおれが相手する」

弥次郎は霜月の前に出た。霜月は後ろに下がったが、土門の左手にまわり込んだ。隙を見て、脇から斬りかかるつもりらしい。

土門は、ジロリと霜月を見たが、弥次郎に切っ先をむけ、

「うぬは」

と誰何《すいか》した。

「小宮山流居合、本間弥次郎」

弥次郎は刀の柄に右手を添え、居合腰に沈めた。間合は二間の余、まだ抜き付けの間に入っていなかった。

「鬼眼《きがん》流、土門万兵衛」

土門は切っ先を弥次郎の喉元につけた。

5

土門の青眼の構えは盤根《ばんこん》を張った巨樹のように大きかったが、高圧的ではない。ゆったりとして、つつみこむような威圧感がある。

かすかに、切っ先が動いていた。その昆虫の触手のような動きには、そのまま喉元へ伸びてくるような気配がこもっている。

……抜けぬ！

弥次郎は、抜刀の機がつかめなかった。

ジリジリと土門は間をつめてきた。すでに居合の抜刀の間に入っているが、弥次郎は土門の気魄に押され、後じさった。

しかも、弥次郎は背後に足音が迫るのを聞いた。足音はひとり。霜月の仲間を始末し、駆け付けたようだ。

そのときだった。ふいに、霜月が甲高い気合を上げて、抜き付けた。遠間から横一文字に払ったのだ。稲妻である。遠過ぎて切っ先は空を切ったが、この抜刀に一瞬土門の気が乱れた。

……いまだ！

弥次郎は踏み込みながら抜き上げ、土門の正面へ鋭く斬り落とした。

真向両断《まっこうりょうだん》である。踏み込みざま抜き上げて正面から斬り落とす小宮山流居合の初伝八勢のなかの最も基本の技だが、敵の気の乱れたときには正面からの一撃が威力を生む。

だが、土門は手首をひねって、この斬撃をはじいた。キーンという金属音がひびき、土門の手元で青火が散った。

オオッ！

と吠え声を上げ、土門が刀身を返して袈裟に斬り込んでくるのと、弥次郎が背後に跳ぶのとが同時だった。

閃光が弥次郎の胸元を疾《はし》り、刃唸りを聞いた。

弥次郎の着物が右肩口から左脇腹にかけて大きく裂けていた。だが、肌にはとどいていない。

「少し浅かったようだな」

土門はニタリと嗤った。

弥次郎は大きく間をとって、土門と対峙したが、すぐ背後に敵の迫る気配があった。土門を相手に、背後の敵まで対応できない。しかも、抜刀したため居合の威力は半減している。

……ここは、逃げるしかない。

咄嗟《とっさ》に判断した弥次郎は、霜月、走れ、と叫びざま、土門の右手に走った。霜月は左手を走り抜けようとした。

「逃がさぬ」

土門は切っ先を落として、右手の弥次郎の正面にまわりこもうとした。

刹那、弥次郎は走りざま脇に構えていた刀を土門の胸へめがけて投げた。アッ、と声を上げ、土門が足をとめて大きく刀身を払った。

キーン、という甲高い金属音とともに弥次郎の刀身が夜陰に飛んだ。

そのとき、弥次郎の体は土門の右手を走り抜け数間先にあった。刀を捨てて、一瞬の間をつくったのである。

「待て！」

大声を上げ、土門が追ってきたが、それほど足は速くなかった。

弥次郎たちとの間はひらき、通りを一町ほど走るとあきらめたらしく、背後から追ってくる足音は遠ざかった。

中山道をしばらく歩いたところで、

「す、すまぬ」

と、霜月が絞り出すような声で言った。

月が出ていた。街道には、まだちらほら人影があった。これから飲みにでも出かける近所の店者や武家屋敷に奉公する中間《ちゆうげん》たちであろうか。月明かりのなかに見える人影は、そぞろ歩きの男たちばかりだった。

「霜月、ひとり見覚えのある男がいたのだが」

歩きながら弥次郎が言った。

「痩せた男か」

「そうだ」

「柴垣甚内だ」

「柴垣……」

弥次郎は思い出した。霜月と同様、小宮山流居合の道場に通っていた垂江藩士である。柴垣は、十四年前霜月が国許に帰る半年ほど前に道場をやめ、その後一年ほどして帰参したと聞いていた。以後、柴垣と会うのは初めてである。

弥次郎の胸に、苦《にが》い思いが湧いた。柴垣は年下の弥次郎が師範代に昇格したことで、顔をつぶされたと思い強く反発した。柴垣は執拗《しつよう》に誹謗中傷を繰り返し、仲間といっしょに待ち伏せして暴行をくわえるまでした。

その揚げ句、うぬのような下賤の者といっしょに修行する気にはなれぬ、との捨て台詞《ぜりふ》を残して道場を去っていったのだ。それを機会に、次々に垂江藩士がやめていった。当時、垂江藩士の兄貴分だった柴垣が扇動したのである。

弥次郎はひどく傷ついた。自分が師範代になったために門人が減り、重右衛門の恩を仇《あだ》で返す結果になってしまったのだ。

そんなとき、霜月だけは柴垣に対抗して門人としてとどまり、帰国するまで弥次郎の味方になって勇気づけてくれた。

……あれから、十四年か。

弥次郎は強い因縁を感じた。その柴崎と霜月が、いままた江戸の地で対立しているようなのだ。

「やつが、指揮してわれらを襲ったのだ」

「やはりそうか」

弥次郎は、こうして霜月と柴垣のことを話していると、自分と柴垣の対立も十四年の歳月を経たいまもつづいているような気がした。

「霜月、わけを聞かせてもらおうか」

歩きながら弥次郎が言った。柴垣に率いられた一団は、出奔した霜月の追っ手ではないようだった。

「……殿のお世継ぎのことで、藩内が二分し対立している」

霜月は苦渋の顔で話し出した。

6

垂江藩八万石の藩主は、土屋出雲守正幸《つちやいずものかみまさゆき》だった。四十三歳の男盛りだが、生来病弱でかねがね嫡男の元勝《もとかつ》が十五歳になったら藩主の座を譲って隠居したいと口にしていた。

そうした折、元勝は十四歳になった昨年の冬、風邪をこじらせ高熱と激しい嘔吐《おうと》で衰弱し三月《みつき》ほどで急逝《きゅうせい》してしまった。

正幸は元勝の死に落胆して執政の意欲を失い、さらに持病の疝気《せんき》(腹痛)が悪化して、すぐにでも継嗣《けいし》を据えたいとしきりに口にするようになった。

「ところが、殿の正室であられるお鶴《つる》の方さまのお子は元勝さまおひとり、御国御前の萩《はぎ》の方さまにも妙姫《たえひめ》という女子がおられるだけなのだ」

「……」

「八年ほど前、殿が江戸に在府の折、寵愛された菊江《きくえ》さまという奥女中が懐妊し、男子をご出産なされた」

その後、菊江はお菊の方さまと呼ばれるようになったという。

「……」

「お生まれになったお方は英丸《ひでまる》君ともうされ、すこやかにお育ちでござるので、国家老の田島庄左衛門《たじましょうざえもん》さまを初めとする多くの重臣の方々は、英丸君こそ世子《せいし》にふさわしいとのお考えを持っていた。ところが、これに強く異論をとなえる者が出て、世子をだれにするかで藩内の意見が二分するようになったのでござる」

「異論をとなえる者とは」

「殿の次弟の定允《さだよし》さまでござる」

霜月の話によると、定允は八万石のうち七千石を分割してもらい、領内に屋敷を建てて住んでいるという。

当年、四十歳。兄、正幸とちがいいたって壮健で権勢欲に満ちているという。この定允に、忠紀《ただのり》という十七歳になる嫡男がいた。

「定允さまは、どこの馬の骨とも分からぬ幼い英丸君を藩主としていただくよりは、忠紀さまに妙姫さまを娶《めと》せ、世継ぎにするのがふさわしいと言い出したのでござる。……これに、江戸家老の諸井助右衛門《もろいすけうえもん》さまが与し、家臣の多くが田島派と諸井派に二分したのでござる」

霜月の話では、定允はかねてから諸井や重臣の何人かを、忠紀が藩主となったおりに栄進させることを約束して抱き込んだらしいという。

「それで、おぬしは田島派か」

弥次郎は、襲われた者が諸井派の襲撃を叫んでいたのを聞いていた。

「いかにも、忠紀さまが藩主の座につけば、垂江藩八万石は舅《しゅうと》となる定允さまに牛耳られるのは目にみえている。……英丸君という殿の直系のお方がいる以上、傍系の者を藩主にむかえる必要はござらぬ」

霜月は歩をとめ、強い口調で言った。

「うむ……」

弥次郎にとっては田島派も諸井派もなかった。それぞれの言い分はあろうが、結局のところ藩内の権力争いだろうと思った。

ただ、霜月は私利私欲のために己の信念をまげるような男ではないと信じていた。その霜月が田島派に与し、己《おのれ》の命を賭《と》して英丸君のために諸井派と戦うなら味方してやろうという気持ちになった。

「ところで、柴垣はどうして諸井派についた」

弥次郎が訊いた。

「柴垣の母親が諸井一族の出なのだ。遠いが、諸井さまとも血縁関係にある」

「そういうことか。それで、藩公の出雲守さまのお考えはどうなのだ」

継嗣争いも藩主の決断ひとつで簡単に解決するのではないかと思ったのだ。

「それが、なかなかお心が定まらぬようなのだ。……英丸君がお生まれになってからお菊の方さまと疎遠になられ、ここ四、五年、英丸君とお会いしておられぬため、亡くなった元勝さまほどに肉親の情がないらしい」

お菊の方は英丸君を懐妊したとき、正室であるお鶴の方に気がねして、小石川《こいしかわ》にある抱え屋敷に移った。そのため、出雲守と顔を合わせることもまれになり、ときとともに心も離れていったという。

「それに、殿はお優しい気性ゆえ、定允さまに強く主張されると反論できぬようなのだ」

霜月は視線を落とし、ゆっくり歩きながら言った。

「…………」

どうやら、藩主正幸は病弱の上優柔不断でもあるらしい。その弱みに定允や諸井がつけいって横車を押そうとしているのかもしれない。

「若先生に渡した袖の雪は」

弥次郎が訊いた。

「お菊の方さまが藩邸から抱え屋敷に移られるとき、殿はお菊の方さまの身を案じ、この刀を余の子の証しといたせ、と仰せられて賜《たまわ》られたそうでござる」

「その守刀を、なにゆえおぬしが持っている」

「あの刀は、英丸君が殿のお子である証しでござる。来春、殿が参勤で江戸へ来られたおり、田島さまの口添えもあって、お菊の方さまは英丸君を殿に会わせるつもりでおられる。そうなれば、継嗣問題も一気に好転するはずでござる。ただ、殿は、ここ数年英丸君と会っておられぬとか。幼子の容貌は歳とともに変わるゆえ、袖の雪がなければ殿も自分の子であることに疑念をいだくかもしれませぬ」

「そんなものかな」

弥次郎は、わが子であれば面影は忘れぬだろうと思ったが口にしなかった。

「それに、英丸君にしても、殿のお手から直《じか》に賜った守刀を紛失したとなれば、御前に出ることもできますまい。それを知っている諸井一派は、まずあの袖の雪を奪おうとするはず。……それゆえ、藩を離れた拙者に保管を託したのでござる」

「そうか」

事情は分かったが、弥次郎はいまひとつ腑《ふ》に落ちなかった。いかに自派のひとりとはいえ、よほどのことがなければ一藩士に、それほど大事な守刀を預けるはずはないという気がしたのだ。

「それで、英丸君と母御であられるお菊の方さまは、抱え屋敷におられるのか」

英丸君の方にも敵の手が伸びるのではないか、と弥次郎は思ったのだ。

「え、江戸でござる」

霜月は言いにくそうに口ごもった。

「江戸のどこに」

「そ、それだけは……」

「話せぬか」

どうやら、藩邸にいるのではないらしい。諸井一派の襲撃を恐れて身を隠しているのであろう。

「いまは、話すわけにはまいらぬ」

霜月は苦渋の顔で、絞り出すように言った。

「そうか。それほど言うなら訊くまい。……土門万兵衛という男は」

弥次郎は、ちかいうちにまた戦うことになるのではないかと思った。

「国許で、鬼眼流の道場をひらいている男でござる。おそらく、仕官を餌《えさ》に誘われ諸井派にくわわり江戸に出て来たものと思われる」

「鬼眼流とは」

弥次郎は初めて聞く流名だった。

「わが藩に古くから土着する流派で、実戦を重んずる剣を指南している」

土門は垂江藩の領内では名の知れた剣客で、藩士のなかにも同流を学ぶ者が少なからずいるという。

「土門は権勢欲の強い男で、町道場主では満足しておらず、仕官して剣術指南役になりたい野望をもっているらしいのだ。そのあたりを餌に、諸井派が引き入れたのでござろう」

そう言って、霜月は憎しみの色を浮かべた。

「……」

強敵だった。弥次郎が会得した小宮山流居合の神髄をもってしても、かなわぬかもしれぬ、と思った。

ふたりは筋違御門の前まで来ていた。右手を流れる神田川の水音が、足元から聞こえてくる。辺りは夜陰につつまれていたが、通りにはぽつぽつと人影があった。ここまで来ると、神田相生町までわずかである。

ふいに、霜月は立ち止まり弥次郎に頭を下げると、

「本間どの、拙者、これにて」

と言い置いて、逃げるように駆け出した。

どうやら、家に着く前に弥次郎と別れたいようだ。弥次郎は去って行く霜月の後ろ姿を見送りながら、まだ何か隠していることがあるようだ、と思った。

7

道場の方から、甲高い気合がひびいていた。助造がひとりで稽古をしているのである。居合は、ひとり稽古も大事だった。とくに初心のころは、くりかえしくりかえし抜刀することが上達の近道でもある。

唐十郎は子供のころ初伝八勢のそれぞれの形にあわせて、一日千本抜け、と父から命じられ、手の皮が剝《む》けても抜きつづけたことがあった。そうした稽古をとおして、居合の命である抜刀の迅《はや》さや体《たい》さばきが身につくのである。

唐十郎は居間で、助造の気合を聞きながらひとり茶碗酒をかたむけていた。ふと、庭の方で枯れ草を踏む音がした。見ると、尻《しり》っ端《ぱし》折《よ》りした弐平がこっちにやって来る。

弐平は縁側の近くまで来ると立ち止まり、家のなかを覗き込むように見た。晩秋の夕陽が横からあたり、弐平の影が枯れ草のなかに長く伸びている。薄い翳《かげ》につつまれ黒ずんで見える弐平の短軀《たんく》が、枯れ草のなかに立ち上がった大きな貉のように見えた。

「旦那ァ、明るいうちから酒とはいいご身分ですな」

弐平が嫌味を言った。

「おまえも一杯やるか」

唐十郎は貧乏徳利を手にして縁側へ出てきた。

「遠慮しておきやしょう。……そば屋は、これからがかき入れ時なんで」

「そうか。で、何か知れたか」

弐平が足を運んで来たのは、頼んでおいた調べに目鼻がついたからである。

「とりあえず、旦那からいただいた五両分の調べは」

弐平はそう言って、ニヤリと嗤った。

「話してくれ」

「お定まりのお家騒動のようでしてね」

弐平は中間や藩邸に出入りしている商人《あきんど》から聞き出すのに、だいぶ金を使いましてね、
と前置きしてから話しだした。

弐平によると、藩の世継ぎをめぐって国家老と江戸家老の間で対立し家臣の多くをまきこんで騒動になっているという。

「そうか」

唐十郎は弥次郎から事情を聞いて藩の騒動の内情は分かっていたが口にせず、まず弐平が調べたことを喋らせるつもりだった。

「三日前、本郷で斬り合いがあったのは、ご存じで」

そう言って、弐平が唐十郎のそばの縁側に腰を落とした。

「知っている」

そのことも弥次郎から聞いていた。

「江戸家老派の家臣たちが、もう一方の者たちを襲ったようなんで。……あっしは、本郷の知り合いの魚屋の親爺《おやじ》から話を聞いて、翌日行ってみたんですがね。藩の方で死骸《おろく》は引き取っちまったらしく、あったのは破れ障子と血の跡だけでして」

弐平によると、江戸家老派の勢力が強く、国家老派は藩士の目を盗んで密会していたらしいという。

「……」

唐十郎は、弥次郎から聞いた話を思い出し、霜月やお菊の方さまが江戸市中に身をひそめたのも藩邸が江戸家老派に押さえられているからかもしれぬ、と思いあたった。

「町方も藩の揉め事には首をつっ込めねえんで」

弐平は思わせぶりな言い方をした。

「それは承知している」

「……屋敷へ乗り込んで話を聞くわけにもいかねえ。それで、あっしは昨日、屋敷の中間にあらためて銭を握らせて様子を訊いたんでさァ」

どうやら、弐平は銭を使ったことが言いたかったらしい。

「それで」

唐十郎は先をうながすように訊いた。本郷の仕舞屋の襲撃事件のことも、弥次郎から聞いていたが、弐平には話さなかった。

「どうやら、霜月さまが襲われた方にいたらしいんで」

「霜月がな」

「霜月さまを襲った連中は、そうとうの腕利きらしいですぜ。江戸家老派は国許から腕のいいのを集めてるって噂でして」

「そうらしいな」

弥次郎から土門万兵衛という鬼眼流の遣い手がいたことを聞いていた。

「旦那、それに、ちょいと気になることがありやしてね」

弐平がチラッと唐十郎に視線を投げた。

「気になるとは」

「へい、この家に踏み込んだ野郎がいるって聞いたもんで、念のため庄吉《しようきち》と仙太《せんた》を旦那と本間さまの家のちかくに張り込ませたんでさァ」

「それで」

庄吉と仙太は弐平の手先だった。庄吉は前から使っているが、仙太の方は、まだ下《した》っ引《ぴ》きになって三月《みつき》ほどしか経っていない。

「両方の家を、垂江藩の者がときどき来て様子をうかがってるようなんで。……旦那や本間さまの命を狙ってるんじゃァねえかと心配《しんぺえ》してるんですがね」

「そうかもしれん」

何者かに道場が監視されている気配は感じていたが、弥次郎の家まで見張られているとは思わなかった。

だが、考えてみれば、相手方に柴垣甚内がいるとなれば、霜月とこの道場のかかわりから自分や弥次郎の動きを見張ってもおかしくはない。

「弐平、居合の腕利きがいるはずだが、名は分からぬか」

唐十郎が訊いた。

神田川縁で出会った居合の遣い手のことが気になっていた。本郷の仕舞屋を襲った者たちのなかに居合の遣い手はいなかったようだが、ちかいうちに唐十郎の前に姿をあらわすとみていた。

垂江藩の領内では田宮流居合が盛んだと聞いていたので、その一門の者であろうとは予測できた。霜月に訊いてみる手もあったが、わざわざ霜月に会いに出かけるほどのこともないと思っていた。

「さァ、知らねえが……。なんなら、すぐにも調べてみやすが」

「いや、いい。そのうち、むこうから顔を出すだろう」

居合の腕は抜いてみねば分からぬ、名や得意技を聞いたとて、たいして役にはたたぬだろう、と唐十郎は思った。

弐平は自分の調べたことを喋り終えたのか、縁先から腰を上げると、

「それじゃァあっしは、これで」

と言い置くと、きびすを返して歩き出した。

「待て、弐平」

唐十郎が呼び止めた。

「なんです」

「垂江藩には英丸君という世継ぎがいるそうだ」

「へえ、それで」

弐平は唐十郎の心底を探るような目をして近寄って来た。

「江戸藩邸の奥女中だったお菊の方さまが産んだ子だそうだが、その母子が江戸に身を隠しているという。ふたりが、どこにいるか知りたいのだがな」

唐十郎は、弥次郎から英丸君の話も聞いていた。そして、諸井派が袖の雪を手に入れることができなければ、次に英丸君の身を狙ってくるのではないかと思っていた。諸井派にすれば、来春の藩公の参勤までの間に袖の雪を手に入れるか、英丸君の命を奪うかして父子の対面を阻止したいはずなのだ。

土門なる剣客や居合の遣い手を味方にしたのも、いざとなったら田島派と斬り合ってでも、英丸君と藩主の面会を阻止するという思いがあるからではないか。

「ヘッ、へへへ……。旦那、五両分の仕事はすんじまったんですがね」

弐平はもみ手をしながら目を細くして笑った。

「金か」

「へい、さきほど話したとおり、あっしも今度の調べではだいぶばらまきましてね。五両の金も手元に残ったのはわずかでして。……どうです、これくらいで」

弐平は唐十郎の顔の前に指を三本立てた。

「三分か」

三両と分かっていたが、唐十郎はいつものようにからかったのである。

「旦那ァ、いつもそれだ。吝《しわ》いこと言わねえで、たまには武士らしく、多少の色をつけてぽんと出したらどうです」

弐平は露骨に顔をしかめて見せた。

「分かった、分かった」

唐十郎はふところの財布から三両出して、弐平に手渡した。

弐平はニヤリと笑い、金をふところにしまうと、それじゃァちかいうちに、と言い置いて枯れ草のなかを弾むような足取りで出ていった。

その後ろ姿が枝折り戸の方へ消えると、唐十郎は貧乏徳利を引き寄せて茶碗に注いだ。石仏の立っている庭を淡い夕陽がつつみ、軒下や木陰には夕闇が忍んできていた。道場からは、まだ助造の気合が聞こえてきている。

第三章

田宮《たみや》流居合

1

「雪だ！」

障子をあけた琴江が声を上げた。

「あら、ほんと。……冷えてきたから積もるかもしれないね」

太郎に添い寝していたりつが、顔を上げて障子のむこうに目をやった。太郎は掻巻《かいまき》にくるまり鼻声を出してむずがっていたが、いまは寝入ったようで静かな寝息が聞こえていた。

琴江は、あたし見てくる、と言って、庭へ飛び出していった。

りつは夜具から起き上がると、袷《あわせ》の襟元を合わせながら、お茶でも淹《い》れましょうか、と言って、かたわらに座している弥次郎に声をかけた。

「ああ、そうしてくれ」

弥次郎は火鉢に手をかざし、琴江が出ていった障子の間から雪の降るのを見ながら言った。

初雪だった。例年なら十一月（旧暦）の声を聞けば雪が降るのだが、今年の冬は暖かく、十二月に入っても雪を見なかった。

すでに、師走《しわす》も中旬である。琴江は遅い初雪に胸をときめかせ、飛び出していったようである。子供にとって雪は嬉しいもののようだ。過酷な冬の暮らしの到来を思うより、新たな遊びに興じることを思う方が先なのであろうか。

「あなた、心配で……」

りつは、火鉢のそばに来て茶を淹れながら顔をくもらせた。

「どうした」

「このところ、家の様子をうかがってる人がいるようなんです」

言いながら、りつは茶碗を弥次郎の膝の脇へ置いた。

「うむ……」

弥次郎もそのことは気付いていた。

おそらく、諸井派の藩士であろう。弥次郎の身辺を探るというより、家へ訪ねて来る者を見張っているにちがいない。

霜月父子が同じ相生町で暮らすようになって、一月半ほどが経つ。しばらくの間、変わったことはなかったが、半月ほどしてからときおり物陰で家の様子をうかがう者の姿を見かけるようになったのだ。

「大事あるまい」

そう言って、弥次郎は茶をすすった。

すくなくとも、りつや琴江に手を出すようなことはあるまいと思っていた。それに、いまのところ弥次郎を襲うつもりもないようだった。連日、松永町の道場へ行き来しているが、それらしい気配はない。

「霜月のことを何か聞いてるか」

弥次郎が訊いた。

「いいえ、まったく……。ときどき、琴江が行ってるみたいですけど、家から姿を見せないようですよ」

りつは、琴江のいる庭の方へ目をむけた。枯れ草や土がうっすらと白くなっている。琴江はかがみ込んで、その雪を両手でかき集めていた。

「そうか」

弥次郎は、霜月たちが本郷で襲われてから一度も霜月の家に行っていなかった。霜月は諸井派に気付かれることを恐れ、弥次郎の来訪も断ったからである。むろん、霜月の方から弥次郎の家へ来ることもなかった。ただ、琴江は三郎太が気に入ったらしく、ときどき霜月の家へ様子を見にいっているようだが、まったく相手にされないらしい。

「しばらく、琴江も家から出さない方がいいかもしれんな」

まさか、琴江に手を出したり尾けたりすることはあるまいが用心に越したことはない。

「ええ、よく言っておきます」

「そうしてくれ」

弥次郎は茶碗を置いて立ち上がった。

「道場ですか」

「そうだ。ちかごろ、助造が腕を上げてきてな。若い者は、飲み込みが早い」

そう言って、弥次郎は目を細めた。

外に出ると、上空を重くおおった雲から白い花弁のような雪が舞い降りていた。すでに、辺りは白雪につつまれはじめている。

……だが、それほど積もることはあるまい。

と、弥次郎は思った。雪が大粒であり、西の空に明るさがあったからである。

引き戸を開ける音を聞きつけて、琴江が走り寄って来た。真っ赤になったちいさな手をぷるぷると振りながら、

「父上、お出かけですか」

と、大人びた口をきいた。

「出かけてくる。琴江、あまり出歩くな」

弥次郎は、そう言い置いて通りへ出た。

地面にうすく雪が積もっていたが、まだ乾いていてぬかるみにはなっていなかった。弥次郎は傘もささずに家を出たが、濡れることはないだろうと思った。相生町と松永町はとなり町である。ゆっくり歩いても小半刻《こはんとき》（三十分）もかからない。

表店のつづく通りから細い路地へ入り、民家のとぎれた通りへ来たとき、弥次郎は前方に立っているふたりの人影を目にとめた。

降りしきる雪のなかに、菅笠を被った武士がふたり、行く手をはばむように立っていた。すこし前にかがむようにして笠で顔を隠しているため顔は分からなかった。

「道をあけてもらえぬかな」

弥次郎が声をかけた。

「そこもとを待っていた。ここを通るのは、われらの用がすんでからにしていただきたい」

「おぬしは……！」

聞き覚えのある声だった。柴垣甚内である。

「柴垣か」

「いかにも」

柴垣は笠をとった。

鼻梁が高く、顎のとがった顔は、十数年前と変わっていなかった。ただ、若者らしさは消え年相応の壮年の顔をしていた。それに、垂江藩では高禄を喰《は》んでいるらしく身拵えは上物で、身辺には高圧的な雰囲気がただよっていた。

もうひとりは、中肉中背で笠を被ったまま無言で立っていた。胸が厚く、首や腕が太い。腰もどっしりしている。かなり武術の修行を積んだ者のようである。

2

「何の用だ」

弥次郎が訊いた。

「霜月を助けたのは、昔の縁か」

柴垣の底びかりする細い目が、弥次郎を刺すように見つめている。本郷で助勢に入ったことを言っているらしい。

「たまたま通りかかってな。……霜月が襲われているのを見て、駆け込んだのだ」

「霜月が松永町の道場を訪ねたことも分かっているのだ」

柴垣の声に苛立ったようなひびきがくわわった。

「それなら、おれに訊くこともあるまい」

「われらが知りたいのは、袖の雪なのだ。どこにある」

「知らぬな。……このようなところに立っていては雪に濡れる」

弥次郎は柴垣の左手を通り抜けようとした。

すると、笠をかぶったまま男がスッと左手に動いて行く手をふさいだ。

……手練《てだれ》だ！

弥次郎は直感した。

男の動きは敏捷《びんしょう》で隙がなかった。まだ、腰の刀に手も添えていなかったが、身辺に異様な殺気がただよっている。

「本間、まさか、この年になって昔のことを根に持っているわけではあるまいな」

柴垣は口元にうす嗤いを浮かべた。

「昔のおれとはちがう。それに、道場も様変わりしたのでな」

「ならば、霜月などに味方してもつまらぬぞ。……われらに与すれば、あの荒れ道場を立て直すぐらいの援助をしてもよいが」

「………」

「小石川の屋敷から、霜月が長光の脇差を持って出たのを奥女中が見ていてな。その後、霜月は松永町の道場へ立ち寄ったことも分かっている。となれば、おぬしか狩谷が知っているとみていいだろう」

柴垣は睨《ね》めるような目で弥次郎を見つめた。唐十郎のことを狩谷と呼び捨てにしていた。松永町の道場との縁は切ったということなのだろう。

小石川の屋敷というのは、お菊の方と英丸君が身を置いていた垂江藩の抱え屋敷である。霜月の話ではいまは母子ともそこに居ないようだが、霜月は道場へ来る前そこから紬の雪を預かってきたようだ。

「知らぬな」

弥次郎は素っ気なく言った。

「あくまで白を切る気か」

「知らぬものは、話せぬ」

「おぬしには、女房と幼子がいるようだな。……われらに逆らえば、妻子にわざわいが及ばぬともかぎらぬぞ」

そう言って、柴垣は目を細めた。その顔に残忍な表情が浮いている。

「女子供に手を出すな」

弥次郎の顔に怒気が浮いた。かかわりのない妻子に危害をくわえることを臭わせて恫喝する柴垣に腹が立ったのだ。

「おぬし次第だ」

「手を出せば、うぬを斬る」

強い口調でそう言うと、弥次郎は刀の柄に手を添えたまま強引に前に立ったふたりの間をすり抜けようとした。

弥次郎が一歩踏み出したとき、ふいに笠をかぶった男が腰に手を伸ばし腰を沈めた。刹那、痺れるような殺気が疾《はし》った。

弥次郎は凝固したように、その場につっ立った。

……居合だ！

弥次郎の脳裏に、唐十郎が出会ったという居合の遣い手のことがよぎった。こいつにちがいない、と思った。

間合はおよそ三間。ふたりは抜刀の体勢のまま対峙していた。柴垣は男の背後に身を引いている。

……手練だ！

弥次郎は抜けなかった。

身動きできず、息をつめたまま柄をにぎっていた。相手もまた、切っ先のような鋭い殺気を放射したまま動かなかった。

塑像のように固まったふたりの間を、無数の雪が流れるように降りそそぐ。

凍りついたような時が過ぎた。

男の菅笠に積もった雪が、カサリと落ちた。

刹那、ふたりの間に稲妻のような剣気が疾った。次の瞬間、男の上体が前に折れたようにかがんだ。

ヤアッ！

タアッ！

ふたりの気合がほぼ同時に静寂をつんざき、ふたつの体が躍り、二筋の閃光が疾った。

アッ、と声を上げて、弥次郎が背後に飛びすさった。同時に男の笠の前が裂けて顔が覗いた。

弥次郎は顔をこわばらせ、大きく間をとって納刀した。右の袂が裂けている。男の抜き付けた切っ先が袂をとらえたのである。

……妖異な剣だ！

弥次郎の体が震えだした。驚愕と恐怖である。

男の抜刀が迅いだけではなかった。男は異様な動きをしたのだ。折れたように上体を前にかがめ、そのまま踏み込みざま抜き付けたのである。そのため上体の陰に隠れて腰元が見えず、ふいに頭上から切っ先が伸びてきたように弥次郎の目には映った。

しかも、弥次郎が読んだ間合より男は接近しており、太刀筋もまったく見えなかったのである。

「おぼろ返し……」

男はつぶやくような声で言った。

裂けた笠の間から、面長ののっぺりした顔が見えた。蛇《くちなわ》を思わせるような細い双眸が、うすくひかっている。

「次に会ったときに、腕《かいな》を落とそう」

男はそう言うと、ふいに柄から右手を離した。

その体から威圧するような殺気が消え、男の顔に物憂いような表情が浮いた。どうやら、これ以上やる気はないようだ。

「本間、今日のところは見逃しておく。だが、今後も霜月に味方するようであれば、容赦はせぬぞ」

柴垣が恫喝するような口調で言った。

弥次郎は無言のまま柴垣の脇を通り抜けた。ふたりから離れても弥次郎の体は、小刻みに震えていた。屈辱と恐怖と剣客としての闘争心が、ごっちゃになって気を昂《たかぶ》らせていた。弥次郎は顔に降りかかる雪を払いもせず、虚空を睨みながら歩いた。

3

琴江は、雪を集めてうさぎを作った。形ができると、庭の隅にある南天《なんてん》の実をとってきて赤い目をつけ、笹の葉で耳をつけた。

上手にできた、と思った。琴江は母親に見てもらおうと、声をかけたが、居間にはいないらしく返事がなかった。

……三郎太さんに見せよう。

と、琴江は思ったが、地面に作ったうさぎを持っていく方法がなかった。

琴江は、それよりふたりでいっしょに作った方が楽しいだろう、と思い直し、ふたり分の南天の実と笹の葉をとると、袂に入れて家を出た。

通りに出て、帰るまでに雪が積もらないか心配になったが、降り始めよりいくぶん小降りになっていて、歩けないほど積もることはないだろうと思った。

琴江が家を出たとき、それまで家の出口を見張っていた武士の姿がなかった。見張り役の武士は、少し前に出ていった弥次郎のことを柴垣たちに知らせるために、その場を離れていたのである。

琴江は、だれに尾行されることもなく霜月の家にむかった。もっとも、見張りがいたとしても、幼い琴江までは尾行しなかったかもしれない。

霜月の家の戸口は、雨戸が閉まっていた。琴江は通りに面した板塀の間からなかを覗いて見たが、どこも雨戸が閉まっている。

雪が狭い庭や板塀の近くの枯れ草をおおい始めていた。琴江はその庭の雪に足跡があるのを見た。裏口からまわって来たらしく、足跡は家を半周するようについていた。

……三郎太さんだ！

と琴江は思った。

それは、大人にしては小さな足跡で、しかも軒下ちかくに雪を集めて丸めた跡があった。うさぎではなく、雪だるまでも作ろうとしたらしい。

琴江はその雪のかたまりを見て、何としてもいっしょにうさぎが作りたくなった。なかに入れそうな場所はないか探すと、枝折り戸の下にかなり隙間があって、かがめばもぐり込めそうだった。

琴江はそこからなかに入り、庭に入った。雨戸の近くまで行くと、かすかに床を歩く足音が聞こえ、なかに人のいることが分かった。

「三郎太さん……」

琴江は声をかけた。

だが、何故《なぜ》か胸がどきどきし、喉がつまったようで小さなかすれ声しか出なかった。

三度、声をかけてみたが、返事がない。琴江は、三郎太の方から庭に出て来るのではないかと思い、その場にかがみ込んで雪を集め、うさぎを作り始めた。

手でたたいて雪を丸く固めだすと、立派なうさぎを作って三郎太さんを驚かしてやろうと思い、夢中になって大きく雪を盛り上げた。

ふと、背後で雪のなかを歩く足音を聞いた。琴江は、かがんだまま首をひねって後ろをむいた。

「三郎太さ……！」

琴江は途中で声を呑んだ。

そこに立っている前髪姿の少年を見て、一瞬、琴江は三郎太だと思った。年格好がそっくりだった。しかも、色白で面長の顔まで似ていた。

だが、三郎太ではなかった。琴江の知っている三郎太より、頬がふっくらしていたし、肌の色がちょうど雪のように白くて柔らかな感じがしたのである。

少年の方も、驚いたように目を剝《む》いてつっ立っていた。その丸い眸《め》には、奇異な物を見るような色があった。

「三郎太さんは」

琴江は立ち上がって訊いた。

すると、少年は困ったような顔をして首を横に振ると、くるりと後ろをむいて駆け出した。そして、自分の足跡をたどるように走り、すぐに家のむこうに消えてしまった。

いっとき、琴江はばつの悪そうな顔をして立っていたが、何か来てはいけない所へ入り込んでいるような気がしてきた。琴江は慌てて枝折り戸の下をくぐり、通りへ出た。

その夜、琴江は夕餉の後、父親にこのことを話した。

「琴江は、ひとりで霜月の家へ行ったのか」

弥次郎は眉宇《びう》を寄せて訊いた。

「いっしょにうさぎを作ろうと思って……。でも、三郎太さんじゃなくて、別の子がいたの」

「見まちがえたのではないのか」

「ちがう。ほんとに別の子。その子も、あたしを見て驚いてたもの」

琴江は口をとがらせて言った。

「……」

琴江が見たのは、まちがいなく別な子のようだ。どういうことだろう、と弥次郎は思った。霜月はまだあの家に住んでいるはずだった。となると、霜月は自分の子の三郎太でなく、別人と暮らしていることになるが……。

それとも、たまたま同年齢の子を連れた藩士か縁者かが、立ち寄っただけなのだろうか。いずれにしろ、霜月には弥次郎にも話せない秘密があるようである。

「琴江、しばらく三郎太の家に行ってはならぬぞ」

弥次郎は念を押すように言った。

霜月が必死で家や住人を隠そうとしていることからみて、その秘密は新しく住み着いた家にあることはまちがいなさそうだった。

弥次郎は、その家に琴江が出入りすることで、柴垣たちに気付かれてはならぬと思ったのである。

「どうして」

琴江は泣きだしそうな顔をして訊いた。

「お家の大事のため、三郎太も霜月も身を隠しておらねばならぬ。琴江が行けば、悪者に姿を見られるかもしれぬ」

「……」

琴江は目を剝いて、弥次郎を見上げた。

「それに、霜月や三郎太のことを他人《ひと》に話してはならぬ」

弥次郎は、諸井派の者に何か訊かれることがあるかもしれないと思った。

「分かった」

「そう長いことではない。春になれば、お家の大事も解決する。そうなれば、好きなだけ三郎太と遊んでよい」

「春まで……」

琴江は弥次郎を見上げたままうなずいた。

4

道場のなかには、唐十郎、弥次郎、助造の三人がいた。めずらしく唐十郎は袴の股立を取り、腰に愛刀の祐広を帯びていた。弥次郎もふだん使用している真剣を腰に差している。

「助造、しばらくふたりで抜き合う。見取り稽古をしていろ」

そう唐十郎が声をかけると、助造は、はい、と返事して、道場の隅の板壁のそばに行って端座した。

半刻（一時間）ほど前、弥次郎は道場に入る前に母屋を覗き、居間にいた唐十郎に、

「若先生、霜月といっしょにいた武士の居合、あなどれませぬぞ」

そう言って、昨日出会ったふたりとの経緯《いきさつ》を話した。

「そやつ、神田川沿いで出会った男であろう」

「おそらく」

「わたしより、迅《はや》く抜きました」

「弥次郎より迅かったというのか」

唐十郎は驚いたような顔をして聞き返した。

「迅いだけではありません。おぼろ返しと称する異様な剣を遣いました」

「おぼろ返しとな」

「はい、見ていただけますか。真似だけならできます」

「見よう」

ということになり、そのままふたりは道場へ入ったのである。

三間余の間合をとって対峙したふたりは、刀の柄に右手を添え腰を居合腰に沈めたまま足裏をするようにして間合をつめ始めた。

抜刀の間の手前で足をとめた弥次郎が、

「わたしは、ほぼこの間から、稲妻の呼吸で逆袈裟に抜き上げました」

「承知した」

唐十郎は、グッと腰を沈め、行くぞ、と声をかけて抜刀の気配を見せた。

同時に、弥次郎の上体が前に折れたようにかがんだ。

ヤアッ！

オオッ！

気合と同時に、ふたりは前に踏み込みながら抜き合った。

「こ、これは！」

身をのけ反らせて、唐十郎が驚きの声を上げた。

唐十郎の切っ先は弥次郎の顔面から五寸ほど離れて空を切り、弥次郎のそれは唐十郎の右袖をかすめていた。

「どうです。腕を狙えばとどいていましたぞ」

「うむ……」

唐十郎は、背筋を冷たい物がかすめたような気がした。じゅうぶんかわすだけの間があると読んだのだが、弥次郎の切っ先がとどいていたのだ。しかも、前かがみになった頭頂からふいに刀身が突き出されたように見え、抜刀の瞬間も太刀筋も見えなかった。

「容易ならぬ剣だ」

唐十郎は、神田川沿いで出会ったとき抜き合っていたら斬られていたかもしれぬと思った。

「間と太刀筋が読めませぬ」

刀を納めて弥次郎が言った。

「……おぼろ返しと言ったな」

「はい、そやつがそう口にしました」

「霞切《かすみぎり》と似てるな」

「そう言われれば……」

小宮山流居合には、霞切と称する技があった。初伝八勢のなかのひとつで、立居から抜き付ける基本的な技である。

霞切は、己の上体を折るように低くして飛び込み、敵の脇腹から逆袈裟に斬り上げる。上体を倒した低い姿勢で飛び込むため、一瞬、敵は間合の読みを誤るのである。

「霞切よりさらに上体を深く折り、体《たい》をひねるようにして抜くため、抜刀の瞬間と太刀筋が体に隠れて見えなくなるようだが……」

「そうです、そうです。すると、霞切を変化させたものでしょうか」

弥次郎が納得したように言った。

「かもしれぬ。……だが、気になるな」

唐十郎は、腑に落ちないといった顔をした。

「気になるとは」

「名だ。おぼろ返しというそうだが、いま弥次郎が見せた技は返し技ではない」

唐十郎がそう言うと、弥次郎はハッとしたような顔をしてうなずいた。

「それに、己の得意技を勝負の前に敵に見せたりするだろうか」

唐十郎は弥次郎から話を聞き、その武士が弥次郎を斬るためにおぼろ返しを遣ったのではないと思ったのだ。

「たしかに……」

弥次郎も不審そうな顔をした。

「いずれにしろ、用心することだな。そやつの剣、ほかに何か秘めていそうだ」

唐十郎はそう言うと、助造の方に顔をむけ、

「少し、相手をしてやろうか」

と声をかけた。

助造は喜色を浮かべ、飛び上がるような勢いで立ち上がると、唐十郎のそばに駆け寄ってきた。

5

その年は、何事もなく過ぎた。

新年を迎え、三が日の年始まわり、商店の初春の大売り出し、七草粥《ななくさがゆ》とつづき、江戸の町は正月気分で賑わった。それでも、十六日の藪入《やぶい》りの小正月を過ぎると、賑やかだった町から新春気分は一掃され、平常の静けさをとりもどす。

一月の下旬、弥次郎は神田松永町の道場での稽古を終え、町家のつづく通りを歩いていた。暮れ六ツ（午後六時）ごろである。表店の大戸があちこちで閉まり始め、夕闇につつまれた通りを仕事を終えた職人やぼて振りなどが足早に行き来していた。

すでに季節は春だが、冬らしい寒風が吹いていた。町にぽつぽつと灯《ひ》が点《とも》り始め、冬の

夜の漆黒の闇がそこまで忍んできているような気配がする。

相生町に入ってしばらく行き、表通りから細い路地へまがると、前方の家並のなかに我が家の柿葺《こけらぶ》きの屋根が見えてきた。

通りを夕闇がつつみ、我が家からかすかに灯の色が見えていた。弥次郎は、その灯を見ると、妻のりつのことを思い、琴江と太郎のことを思い描いて、ほっとするとともに何か幸せな気分になる。

だが、その幸せな気分はすぐに不安にかき消された。家のなかからいつもとちがう甲高いりつの声と、琴江の泣き声が聞こえたのだ。

……何かあったようだ！

弥次郎は家のなかに駆け込んだ。

上がり框《がまち》から居間に踏み入れた弥次郎は息を呑み、その場に棒立ちになった。座敷が足の踏み場もないほど散らかっていた。簞笥《たんす》はひとつ残らず開けられてなかの衣類が放り出され、行灯《あんどん》や衣桁《いこう》が畳の上にころがっていた。火鉢のなかの灰までかきまわしたらしく、灰が辺りに散らばっている。

その散乱した衣類や家具のなかで、りつが背中で泣き声を上げる太郎を揺すりながら、蒼《あお》ざめた顔で衣類を簞笥に詰め込んでいた。部屋の隅で、琴江は畳の上に散らばった千代紙を泣きながらかき集めている。侵入した賊に踏まれたらしく、何枚かの千代紙に泥のついた足跡が残っていた。

「どうしたのだ」

弥次郎が訊いた。

「あ、あなた……」

りつは振り返って弥次郎の顔を見ると、すぐにそばに来て安堵と恐怖の入り交じったような顔をし、

「お、押し込みです」

と声を震わせて言った。

「……！」

押し込みではない、と弥次郎は思った。押し込みがこのように家具や衣類をひっかきまわすはずはなかった。何者かが、家捜ししたのである。

……柴垣たちだ！

と弥次郎は直感した。袖の雪を探すため、家のなかに押し入ったのである。

「事情を話してみろ」

「は、はい。夕餉の青物を買おうと、琴江も連れて近所の八百屋へ出かけたのです。ほんの小半刻（三十分）あけただけなのに、帰ってみるとこのように」

りつはすこし涙声になって言った。いくらか落ち着いてきたと見え、ひき攣《つ》ったような

表情は消えている。

「そうか。このようなあばら家に押し込んだとて、何も盗《と》る物はあるまいに」

おそらく家を見張っていて、留守になったのを見て、押し込んだのだろう。

「ともかく、おまえや子供たちが無事でよかった」

と弥次郎が言うと、琴江が弥次郎の足に張り付いてきて、袴に顔をこすり付けた。

その頭を手で撫ぜながら、

「さァ、片付けるぞ。これでは夕餉にならん。琴江、泣いてないで、手伝え、手伝え」

そう言って、散乱した衣類を箪笥のなかへ入れると、琴江もいっしょになって片付け始めた。

親子三人、二刻《ふたとき》（四時間）ほどもかかって家中を片付け、夕餉にありつけたのは、子ノ刻（午前零時）ちかくになってからだった。

……柴垣たちも、家に隠してないことが分かったろう。

と、弥次郎は思った。

これで家族に対して何か仕掛けることはないだろう、と弥次郎は踏んだが、柴垣たちの追及は執拗だった。

その後、町に用足しに出かけたりつが、通りでふたりの武士に引き止められ、脇差のことや霜月の行き先などについて詰問された。りつは袖の雪のことは初めから知らなかったし、霜月の住居も知らないと言い通したという。

また、弥次郎の家族だけでなく、道場に住み込んでいる助造や唐十郎の身のまわりの世話に来るおかねも尾行されたり、呼び止められて詰問されたりした。

……このままでは、りつや琴江にも危害が及ぶかもしれぬ。

と弥次郎は思い、しばらく道場へ行くのを見合わせて家にいようと決めた。

弥次郎が、そのことを伝えに唐十郎の許へ足を運ぶと、

「これを、何としても手に入れたいようだな」

縁先でくつろいでいた唐十郎が、腰の袖の雪に手を添えながら言った。

「そのようです。春の藩公の上府までに、何とかしたいのでしょう」

期限が迫ってきて敵も焦っているようだ、と弥次郎は思った。

「弥次郎とおれの身辺を探っても、袖の雪が手に入らないとなれば、次に柴垣たちがどう動くかだな」

唐十郎は他人事のような顔をして訊いた。

「直接、若先生とわたしを襲い、袖の雪の在処《ありか》を吐かせようとするかもしれませぬ」

「それもある。……だが、最後の手段として、もっと確実な方法をとるのではないかな」

「確実な方法とは」

「英丸君を奪うのだ」

「英丸君を監禁して、藩主との面会を阻止する。まさか、藩主の子を暗殺まではすまいが……。状況によっては、手にかけるかもしれぬな」

「ですが、そのようなことをして、藩公に知れれば」

「だれが拉致《らち》したか、証拠を残さねば、何とでも言い逃れられよう。それに、当の英丸君がいないのでは、嗣子《しし》として認めようもない」

「しかし、霜月によれば、英丸君もお菊の方さまも姿を隠しているとか」

弥次郎は、霜月はこのことを考えてふたりの所在を秘匿したのだと気付いた。

「弥次郎、考えてみろ。この袖の雪を探すより、ふたりの所在を探す方が容易ではないか。いかに身を隠そうとも、藩主に寵愛された女と若君が暮らせるところは限られていよう」

「まさに」

弥次郎は唐十郎の言うとおりだと思った。

「英丸君が敵の手に落ちれば、この脇差も用をなさなくなる」

唐十郎は皮肉な笑いを浮かべた。

「英丸君とお菊の方さまは、どこにひそんでいるのでしょうな」

簡単に探し出せる場所では、われらが口をつぐんで脇差を守っていても何の役にもたたない、と弥次郎は思った。

「むろん、霜月たちも承知の上さ。まず、なにより英丸君の身を守ることを最優先させたはずだ」

「……」

「ちかいうちに、大きく事態は動く。おれはそう見ているが」

唐十郎はそう言うと、伸びをして立ち上がった。

「どちらへ」

「弥次郎が留守の間、一日、千本抜くよう、あいつに言ってくるのさ」

唐十郎は助造のいる道場の方へ足をむけた。

6

縄暖簾から出て行く宗七《そうしち》の後ろ姿を見送って、弐平はチッと舌打ちした。宗七は本郷にある垂江藩の上屋敷に奉公する中間である。弐平は、宗七に二度も金を握らせ、やっとこの一膳めし屋に連れ出して話を聞いたのだ。

ところが、宗七は弐平の訊いた英丸君とお菊の方のことをほとんど知らなかった。ただ、長く小石川の抱え屋敷にいたが、ちかごろそこにもいないようだ、と話しただけである。

弐平は、すでに小石川の抱え屋敷も日本橋松島町《まつしま》にある下屋敷もあたって、そこにふたりがいないことは確かめてあった。

……おれが知りてえのは、ふたりの居所なんだよ。

と、腹のなかで毒づいたが、知らない者から聞き出しようもなかった。

小石川の抱え屋敷は、百姓地を垂江藩で買い取り、先代の藩主の病気療養のために建てたものだった。竹林に囲まれた閑静な地に建てられた数寄屋造《すきやづく》りで、隠れ家にはもってこいの屋敷である。

そこに英丸君とお菊の方が、半年ほど前まで住んでいたことは分かっていたが、屋敷に仕えていた女中や警護の者にも気付かれず、ふたりは忽然と姿を消してしまったというのだ。それから先の足取りがつかめなかった。弐平が唐十郎から探索を依頼されて、三か月ちかく経つ。すでに年を越し、一月の下旬だった。

……たった三両じゃァ、割りに合わねえ。

弐平は情けない顔をし、銚子を振ってわずかに残った酒を杯についで飲み干すと飯台《はんだい》から腰を上げた。

中山道へ出てしばらく歩くと、前方右手に加賀《かが》百万石前田《まえだ》家の上屋敷の屋敷林と甍《いらか》が見えてきた。この辺りは、大名の下屋敷や大身《たいしん》の旗本の屋敷が多いところで、街道の両側には豪壮な武家屋敷がつづいていた。

……あれは、相模《さがみ》屋じゃァねえか。

弐平は旗本屋敷の裏門から出てきた大店《おおだな》の旦那ふうの男を目にとめた。風呂敷包みを背負った手代《てだい》らしい男を連れている恰幅《かっぷく》のいい男に見覚えがあった。

日本橋の呉服屋相模屋のあるじで茂右衛門《しげえもん》という。垂江藩の藩邸にも出入りしている商人《あきんど》である。以前、垂江藩の内情を調べたとき、弐平は一度だけ茂右衛門に会って話を訊いたことがあった。

「相模屋さんじゃァねえかい」

弐平は走って追いついた。

「これは、松永町の親分さん」

赤ら顔の茂右衛門は、ちょっと眉を寄せて渋い顔をしたが、すぐに表情を消した。路傍で岡っ引きに、呼び止められて喜ぶような者はいないのである。

「いい陽気だな。こう暖《あっ》たけえと、桜も早えんじゃァねえかな」

弐平は上空を見上げながら言った。

弐平のいうとおり、春らしい暖かな陽気である。今年はいつになく暖かく、すでに桃の花や鶯《うぐいす》の初音の便りなども聞こえてきていた。

「ほんに、暖こうございますねえ」

茂右衛門は、当たり障りのない相槌を打つ。

「ところで、相模屋さんは垂江藩に出入りするようになってどのくらい経つんだい」

茂右衛門と足を合わせながら訊いた。

「お付き合いいただくようになって、三十年は経ちますか」

「そりゃァ長え付き合いだ」

「……」

「屋敷内のこともいろいろ耳に入ってくるんだろうな」

「わたしどもは、呉服の話をするだけですので、そのほかのことは分かりませぬが」

茂右衛門は訊かれないうちに煙幕を張った。

「英丸君とお菊の方さまのことは知ってるな」

以前訊いたとき、茂右衛門はお菊の方に同情的なことを口にしていた。

「はい、お名前だけは」

「小石川の抱え屋敷に住んでいたが、姿を消しちまったというじゃァねえか」

「さァ、そのようなことは存じませんが」

茂右衛門は、白々しい声で言った。

「相模屋さん、あんた何か勘違《ちげ》えしてるようだ。おれはしがねえ岡っ引きだぜ。何があろうと、大名などに手が出せる身分じゃァねえ」

弐平はギョロリとした目で睨みながら凄味のある声で言った。

「……」

茂右衛門の顔がこわばった。

「この前、本郷の仕舞屋に賊が押し入ってな。二、三人斬られて死んでるのよ。そんとき、近所の者が、お菊の方さまの指図で来たと怒鳴るのを耳にしていてな。お菊の方さまといえば、英丸君の母親だ。……大名の御部屋様ともあろう方が、ずいぶんとむごいことをするじゃァねえかと腹が立ったのよ」

弐平はでたらめを言った。お菊の方を悪者に仕立て、茂右衛門から話を引き出そうとしたのである。

「そ、そんなことはございませんよ。お菊の方さまは、ことのほかお心のお優しい方で」

茂右衛門は気色ばんで否定した。

「おめえ商いで贔屓《ひいき》にしてもらってるので、味方してるだけだろう。おれもいくらか調べてみたのよ。するてえと、垂江藩はお世継ぎのことでもめているじゃァねえか。当のお菊の方さまは、てめえの子を継がせたいばっかりに取り巻きに命じて、反対派を次々に襲って斬り殺してるって噂だぜ。まったく、鬼のような悪女じゃァねえか」

弐平はさらに茂右衛門の気持ちを逆撫でするようなことを口にした。

「と、とんでもございません。それこそ、親分さんの勘違いでございますよ」

茂右衛門の声に、非難するようなひびきがくわわった。

「家来のひとりから聞いたんだがな。お菊の方さまは抱え屋敷から姿を消し、英丸君の世継ぎに反対する者を皆殺しにしようと家来に指図してるって話だぜ」

「親分さん、逆でございますよ。命を狙われてるのは、お菊の方さまの方なのです」

茂右衛門は強い口調で言った。

「まさか、そんなことはねえだろう」

「ほんとですとも、事実、お菊の方さまと英丸君は暗殺の手から逃れるため、別の屋敷に身をお隠しになっているのですよ」

「おめえ、口から出まかせだろう」

「何をおっしゃいます。わたしは、この目でそのお姿を見たんですから」

茂右衛門はむきになって言った。

「どこの屋敷だい」

弐平が刺すような声で訊いた。

茂右衛門は、ハッとしたような顔をして口をつぐんだが、苦笑いを浮かべ、親分さん、ここだけの話にしてくださいよ、と念を押し、

「市谷《いちがや》の御旗本、綾瀬《あやせ》さまのお屋敷ですよ」

と小声で言った。

しめた、と弐平は思った。

綾瀬右京《うきょう》、五千石の大身である。その綾瀬邸が、英丸君とお菊の方の潜伏先らしい。

「おめえ、何でそんなことを知ってるんだい」

弐平が訊いた。

「わたしどもは綾瀬さまにも、お出入りを許されていまして、先日呉服をとどけにうかがったおりにお姿をお見かけいたしましたので」

「そうかい」

垂江藩と綾瀬家のかかわりは分からぬが、そこに身を隠しているのは確かなようだ。

「親分さん、垂江藩のご家来の方には内緒にしてくださいよ」

茂右衛門は、どちらかに荷担したと思われたくありませんので、と言い添えた。

「分かってるよ。おれは、どっちにもかかわりはねえ。ただ、お菊の方さまが仕舞屋で人を斬り殺した一味の頭目かどうか知りてえだけなんだ」

「仕舞屋に押し入ったのは、英丸君のお命を狙っている一味のようですよ。そのことは、屋敷内でもご存じの方が多うございます」

「そうかい。おれも見方を変えねえといけねえな」

「そうですとも」

「綾瀬さま……」

「足をとめさせてすまなかったな」

そう言い置くと、弐平はきびすを返した。

7

弐平はその足で、市谷にむかった。綾瀬邸は、尾張《おわり》家上屋敷の裏手にあった。五千石の大身にふさわしい豪壮な屋敷である。

弐平は長屋門の前に立って、いっとき足をとめていたが、門扉は閉じたままでひっそりしていた。表門の脇のくぐりはあいていたが、町方が入って話を訊くわけにはいかない。

弐平は中間や下男などが顔を出しそうな一膳めし屋やそば屋などを探したが、付近にそのような店はなかった。

しかたなく弐平は市谷にある口入れ屋に足を運んだ。旗本屋敷の渡り中間や下女などは、口入れ屋の世話で奉公することが多いので、話を聞けそうな中間を紹介してもらおうと思ったのである。

口入れ屋の親爺《おやじ》は言い渋っていたが、弐平が一分《いちぶ》握らせると、とたんに態度を変え、

「親分さん、利根造《とねぞう》がようございますよ。夕方には、丸亀屋《まるがめ》という飲み屋に顔をだすはずですから、きっと話が聞けますよ」

と言って、丸亀屋の場所まで教えてくれた。

丸亀屋は口入れ屋から一町ほど離れた狭い路地を入ったところにあった。陽が沈んでから店を覗くと、土間の飯台に七、八人の客がいた。職人や大工、中間といった感じの男ばかりである。

酒を店の親爺に頼み、銚子がとどいたところで客のひとりに利根造のことを訊くと、隅の飯台で酒を飲んでる紺の法被《はっぴ》姿の男だという。髭の濃い、一癖ありそうな三十がらみの男だった。

「利根造さんかい」

弐平は利根造の前の空樽に腰を落とした。

「何でえ、おめえは」

利根造は、ギョロリとした目で弐平を睨んだ。

「岡っ引きの弐平ってもんだ」

「弐平だと、聞いたことのねえ名だな」

「まァ、一杯やってくんな」

弐平は手にした銚子を差し出したが、利根造は渋い顔をしたまま、

「知らねえやつの酒を飲む気はねえぜ」

と言って、ぷいと横をむいた。

「口入れ屋の親爺に言われて来たのよ。利根造さんなら、信用できる。あたしの名を出して、訊いてみるといいってな」

「口入れ屋の親爺がそう言ったのかい」

利根造は、顔を弐平の方にむけて杯を出した。いくぶん、機嫌がなおったようだ。

「そうよ、この辺りの旗本屋敷のことで利根造さんなら分からねえことはねえって言ってたぜ」

「まァ、それほどでもねえがな」

利根造は、目を細めてだらしなく口元をゆるめた。

弐平のついだ酒を顎を突き出すようにして飲み干し、あらためて杯を突き出しながら、

「それで、何が訊きてえんだい」

と、相好をくずして言った。いかつい顔をしているが、単純な男である。

「綾瀬家のことよ」

弐平は、まず、垂江藩と綾瀬家の関係を訊いた。

利根造の話だと、垂江藩の先代の藩主の次女が綾瀬家に嫁に来ていて、現藩主土屋出雲守正幸と奥方が兄妹だという。

……それで、お菊の方さまと英丸君を匿《かくま》っているのか。

弐平は得心した。

「屋敷内に、英丸君とお菊の方さまがいるはずだがな」

弐平が訊いた。

「いるぜ。……三月《みつき》ほど前から奥の間で暮らしてらァ。それにしても、おめえよく知ってるな」

「垂江藩のご家来衆のひとりから訊いたのよ」

「そうかい。……やっぱり駄目だな。おふたりはご家中の者の目から逃れるために屋敷に来たそうだが、とっくに家中の者は知ってるようだ。つい、先日もな、別の中間が垂江藩の者にふたりのことを訊かれたってことだ」

「ほう、家臣がな」

弐平は、唐十郎から聞いていた諸井派の者ではないかと思った。となると、諸井派も英丸君とお菊の方の所在をつかんだことになる。

「おふたりに、変わったことはねえかい」

「ねえが、まったく奥から姿を見せねえんで、おれにはよく分からねえ」

利根造は真面目な顔をして言った。

それから弐平は、ふたりのことや垂江藩のことをいろいろ訊いてみたが、他のことは利根造も知らないようだった。

「ゆっくりやってくんな」

弐平は利根造のために銚子を追加してやって丸亀屋を出た。

翌日の午後、弐平が唐十郎の許へ足を運んできた。

弐平から英丸君とお菊の方の隠れ家を聞いた唐十郎は、

「垂江藩と深いかかわりのある屋敷では、いずれ諸井派の者にも知れような」

と、表情のない顔をして言った。

「へい、旦那の言うとおりでして。すでに、諸井派と思われる家臣が、綾瀬家にいるふたりのことを探ったようです」

弐平が利根造から聞き出したことを伝えた。

「となると、ちかいうちに諸井派は英丸君を襲うぞ」

「旦那、どうしやす」

弐平が目をひからせた。

「どうもせぬ。……英丸君の身を守ることまで頼まれてはいないし、おれと弥次郎だけではどうにもならぬ」

「ごもっともで」

「弐平、何か動きがあったら知らせてくれ」

そう言うと、唐十郎は刀をつかんで立ち上がった。

「どちらへ」

庭から通りへむかう唐十郎の後ろから、弐平が跟《つ》いてきた。

「つる源へでも行って、吉乃の尻でもなぜてくる」

「そりゃァまた、結構なことで。あっしは、久し振りにそばを打って、女房の手伝いでもしやすかね」

「それがいい」

ふたりは通りへ出ると、左右に分かれた。春らしい暖かな陽射しが、ふたりの背に降りそそいでいた。

8

空は厚い雲でおおわれ、辺りは夕暮れどきのように暗かった。まだ、七ツ(午後四時)前だというのに、道場のなかは灯《ひ》が欲しいほどの闇につつまれている。

それでも、助造の鋭い気合がひびき、体が躍動するたびに閃光が闇を切り裂くように疾《はし》った。

唐十郎は、めずらしく道場に来て、助造の稽古を見ていた。助造は、初伝八勢のうちの左身抜打《さしんぬきうち》の形を学んでいた。

「助造、だいぶ腕を上げたな。次は追切《おいぎり》だ」

唐十郎は立ち上がると祐広を腰に差し、見ていろ、と言って、抜いて見せた。

追切は敵の正面から踏み込んで抜き付け、敵が身を引いたり、逃げたりするところをさらに追い込んで斬る技だった。

「初太刀は捨て太刀、二の太刀で敵を斬る。この技の肝心なところは、踏み込みの迅さと初太刀から二の太刀への刀身の返しだ」

「はい」

助造は、教えられた通りに仮想の敵にむかって抜き付け、追い込んで二の太刀をふるった。

「敵のさまざまな動きを思い描き、二の太刀は動きに合わせて変化させろ」

「は、はい」

「何度も、何度も抜いて、どのように動く敵も斬れるようにな」

唐十郎の言うとおり、助造は初太刀からの体さばきや二の太刀をさまざまに変化させて刀をふるった。

それから小半刻（三十分）ほどして、唐十郎が道場の隅に燭台の灯をともしたとき、戸口の方で慌ただしい足音がした。

姿を見せたのは弥次郎と霜月だった。何かあったらしく、薄闇のなかでも霜月の顔がこわばっているのが分かった。ふたりの姿を見て助造は抜くのをやめ、唐十郎のそばに来た。

「どうした」

唐十郎が訊いた。

「若先生、英丸君が諸井派に連れ去られました」

霜月がひき攣《つ》った声で言った。燭台の灯に浮かび上がった霜月の顔は蒼ざめ、体が小刻みに震えていた。

「……」

唐十郎は、驚かなかった。予期していた事態である。

弐平から話を聞いて、七日後だった。少し、遅いと思ったほどである。

霜月の話によると、一昨日《おととい》、黒覆面の集団が綾瀬家に侵入し、奥御殿にいた英丸君を連れて逃げたという。

「お菊の方さまはどうなった」

「幸い、怪我もなく、綾瀬家にとどまっておられます」

「それで、おれに何をしろというのだ」

唐十郎が訊いた。

「若先生の手をお借りしたいと……」

霜月は言いよどみ、苦渋の表情を浮かべて視線を落とした。

そばにいた弥次郎が、英丸君を助け出して欲しいと言ってわが家へ来たのです、と言葉を添えた。

「敵の勢力は」

唐十郎が訊いた。動く前に、諸井派の実態を把握するのが先だった。

「指図する重臣は別にして、実力行使に動いているのは柴垣に率いられた十人ほどの手練でござる」

「なかに土門と居合の遣い手もいるのだな」

「はい、われら田島さまに与する者は、そのふたりの剣を恐れています」

「居合の遣い手の名は」

「市子畝三郎《いちこうねさぶろう》」

唐十郎はまだ名を知らなかった。

「そやつ、どんな男だ」

「土門以上の剣鬼でござる」

いまは藩士のように柴垣とともに行動しているが、定允の腹心の家士だという。家士になる前は城下の自邸で田宮流居合を教えていたが、残忍な性格で些細なことで門人を斬り、道場はさびれてしまった。その後は渡世人の用心棒や商家を強請《ゆす》ったりして口に糊していた。

ところが、定允に剣の腕を認められて家士になってから、定允の警固や剣術の指南、ひそかに刺客の任も負っていたらしいという。

「どんな剣を遣う」

「田宮流居合の遣い手で、家中では、市子の腰が沈んだときには、腹を抉《えぐ》られていると恐れられています」

「腹を斬るのか……」

どうやら、おぼろ返しは右腕でなく腹部を狙ってふるう剣らしい、と唐十郎は気付いた。

「助勢いただければ、敵の人数に匹敵するだけの者を、われらもそろえます」

霜月は顔を上げて、訴えるように唐十郎を見た。

「だが、へたに襲えばその場で若君の命は奪われるぞ」

「……！」

霜月の顔がひき攣った。

諸井派は、英丸君を奪還される前にその場で命を奪おうとするだろう。

「それに、英丸君が監禁されている場所は分かっているのか」

「それは、まだ」

「監禁場所をつきとめるのが先だな。それまで、手の出しようがあるまい」

「分かり申した。何としても、つきとめます」

霜月は虚空を刺すような目で見ながら、自分に言い聞かせるように言った。

「ところで、藩主の出雲守さまはいつごろ国許を出立なされる」

唐十郎が訊いた。

「三月の初旬でござる」

「されば、まだ猶予はある。藩主が参勤で上府するまでに、救い出せばいいだろう」

「そ、それはそうだが……」

霜月は困惑したように顔をゆがめた。

「あと一月半ほどが勝負だ」

唐十郎は、助造に今日の稽古はこれまでだな、と言って立ち上がった。弥次郎と霜月も、その夜は、そのまま帰っていった。

だが、事態は唐十郎の予想を超えて急変した。霜月と弥次郎が道場に姿を見せた四日後、弥次郎が血の気のない顔で、居間でくつろいでいた唐十郎の前にあらわれたのである。

「わ、若先生、思わぬことが……」

弥次郎はひどく動揺し、言葉が喉につまって思うように出てこなかった。これほど、動揺している弥次郎の姿を見るのはめずらしいことであった。

「何があった」

「琴江が……」

「琴江がどうした」

「拘引《かどわ》かされたようなのです」

「まことか」

「はい、昨日から姿が見えぬのです。それに、琴江が武士ふうの男ふたりに連れ去られるのを近所の者が見ているのです」

「武士だと」

どうやらただの人さらいではないようだ。

唐十郎の頭に、諸井派のことがよぎった。だが、琴江を拘引かして何をしようというのか。唐十郎は、敵の手が読めなかった。

「何か言ってきたか」

「いえ、何も」

「うむ……」

諸井派なら、琴江を人質にして何か要求してくるはずだった。

「諸井派でしょうか」

弥次郎も唐十郎と同じことを思ったようだ。

「おそらく」

「なにゆえ、琴江を」

弥次郎は困惑したように顔をゆがめた。弥次郎にも、琴江を拉致した理由が分からないようだ。

「これかも知れぬな」

唐十郎は、腰の袖の雪に手を添えた。琴江を人質にとって、弥次郎に何か要求してくるとすれば、袖の雪しか考えられなかった。だが、英丸君を拘束していれば、いまさら袖の雪にこだわる必要もないはずなのだ。

「いずれにしろ、琴江の命をすぐに奪うようなことはない」

「……」

弥次郎の顔がかすかにやわらいだ。

「まず、琴江の監禁先をつきとめることだ」

唐十郎は虚空を睨むように見すえて言った。いつもは無表情な顔に怒気が浮き、白皙《はくせき》がかすかな朱に染まっている。唐十郎は英丸君はともかく、かかわりのない琴江まで騒動にまき込んだ諸井派のやり方に怒りを覚えたのだ。

第四章　攻防

1

道場の方から、ワッという助造の叫び声が聞こえた。つづいて、慌ただしく廊下の床を踏む音がし、助造が道場と棟つづきになっている母屋の居間に駆け込んで来た。助造が母屋に来るときは下駄をつっかけて庭先へまわることが多いのだが、よほど慌てているらしい。

「どうした、助造」

「さ、猿がいるだ」

「猿だと」

「は、はい、大きな猿が道場に座り込んでるだ」

助造は丸く目を剝き、額に皺《しわ》を寄せて言った。己の顔が猿のようである。

「その猿は、客だよ」

唐十郎は口元をほころばせて立ち上がった。

道場に行くと、なるほど大猿が床に座り込んでいる。猿は入ってきた唐十郎を目にとめると、歯を剝いて、キイ、キイと笑うように喉を鳴らした。

「次郎《じろう》、相良《さがら》どのはどこだ」

唐十郎が声をかけると、猿は横に跳び、板壁を伝って一気に天井の梁《はり》まで駆け上がった。一瞬、その猿の動きに目を奪われていると、猿の駆け上がった反対側から、

「狩谷どの、お久しゅうございます」

と、くぐもった声が聞こえた。

見ると、いつあらわれたのか、陽光の差し込む連子窓の下の影になっている場所にふたつの黒い人影があった。

「相良どのか」

幕府、伊賀《いが》者の組頭相良甲蔵《さがらこうぞう》と娘の咲《さき》である。

相良は黒羽織に袴姿で、御家人のような身装《みなり》をし、咲の方は島田髷《しまだまげ》に花柄模様の小袖姿で武家の娘のような格好である。ふたりとも忍者だが、町中を忍び装束で歩くわけにはいかない。ふだんの御家人の格好で来たようだ。

相良には妖猿《ばけざる》の異名があった。飼い慣らした猿を巧みに使い、目眩《めくらま》しの術を遣うからである。いま天井の梁にいる猿は次郎という名で、相良が飼い慣らしたものである。

また、いっしょにいる咲は女ながらに忍びの腕は確かで、唐十郎の片腕となって多くの事件にかかわってきた。

——この時代（徳川家慶の嘉永《かえい》年間）、戦国期や江戸初期に忍者として活躍した伊賀者や甲賀《こうが》者は隠密としての機能を完全に失っていた。代わって隠密として暗躍したのは、将軍直属の御庭番《おにわばん》である。

伊賀者や甲賀者は、江戸城大奥の警備や明屋敷《あけやしき》の巡視、管理などがおもな任務で、他の御家人と変わらぬ暮らしをしていた。

ただ、伊賀者のなかには先祖伝来の忍びの術をひそかに伝える者もいた。相良はそうした術者を集め、ときの老中の命を受けて動いていたのである。老中直属の隠密といえるが、御庭番とちがいあくまでも影の組織で、行動範囲も江戸府内とその近郊にかぎられていた。

唐十郎は、相良父娘《おやこ》と昵懇《じっこん》だった。刀の目利きや居合の腕を買われ、相良に依頼されて何度も幕政にかかわる事件の解決に手を貸してきたからである。

いつもは、相良から依頼されて動いていたが、今回だけは唐十郎の方から相良に連絡を取った。昨日、唐十郎は本所緑町《ほんじよみどり》にある伊賀者が管理する明屋敷へ出かけ、会いたいと告げたのである。

「狩谷どのから、ご連絡とは珍しゅうございますな」

相良は目を細めて言った。

相良は日頃忍びの頭として殺伐《さつばつ》とした暮らしのなかで生きているが、こうして笑うと、好々爺《こうこうや》のような柔和な顔になる。

「垂江藩の騒動は知っているか」

唐十郎が訊いた。

「噂は耳にしておりますが」

「家臣に霜月という門弟だった男がいてな。依頼されて味方したのはいいのだが、相手方に琴江を監禁された」

唐十郎はいままでの経緯《いきさつ》を簡単に話した。

「それはまた、本間どのはご心痛であろうな」

相良は弥次郎が子煩悩なことを知っていた。かたわらに座している咲の顔には驚きの色があった。

「何とか、琴江を助け出したい」

「それで」

「相良どのの手で、琴江の監禁場所をつかんで欲しいのだ」

大名屋敷の探索や家臣の動向を探らせたら、相良たち伊賀者の右に出る者はいない。相良が動けば、短期間で琴江の監禁場所がつかめるはずだった。

「いいでしょう。本間どのにも、だいぶ世話になってますからな。ただ、こっちにも条件がござるが」

相良は顔から笑みを消した。双眸がうすくひかり、酷薄な翳《かげ》が顔をおおった。伊賀者の頭目らしい凄味のある顔である。

「条件とは」

「垂江藩のお家騒動がこれ以上大きくならぬよう、世継ぎ問題を穏便に片付け内紛を収めていただきたい」

「どういうことかな」

「阿部《あべ》さまは、出雲守さまに直系のお子がおられるなら、そのお子が嗣子となられるのが順当であろうとの仰せでござる」

阿部とは、老中阿部伊勢守正弘《いせのかみまさひろ》のことである。どうやら、垂江藩のお家騒動のことは、幕閣の耳にも入っているらしい。おそらく、阿部は内々に垂江藩の騒動を収めるため相良を呼んで指示を出したのだろう。

「ご老中も、手回しがいいな」

唐十郎が言った。

「このようなご時世では、ご老中も大名のお家騒動などに頭を使いたくないのでござろう。火は小火《ぼや》のうちに消してしまえというわけでして」

相良の顔に苦笑いが浮いた。

相良の言うとおり、いま幕府は内外に諸問題をかかえていた。あいつぐ外国船の来航による外圧、天保《てんぽう》の改革の失敗による幕府財政の危機、各地の一揆などで幕府の屋台骨が揺らぎ、大名のお家騒動などに構っている状況ではなかったのである。

「それにしても、相良どのたちが敵側につかなくて助かったな」

唐十郎は内心ほっとした。相良や咲を敵にまわしたら、首がいくつあってもたりないだろう。

「狩谷どのが田島派についておられるのを承知していたので、こうしてうかがったのでござるよ」

相良は相好をくずした。

「そういうことか」

見ると、咲はまったく表情を変えずに唐十郎を見ていた。

だが、唐十郎と目が合うと、咲は一瞬せつなそうな表情を浮かべ視線を落とした。唐十郎と咲はともに何度か死地をくぐるなかで結ばれ、情を通じていた。咲が一瞬見せた女らしさは、胸の内に秘めた唐十郎への熱い思いのあらわれであろう。

咲は伊賀者として任務についているときは、隠密に徹していた。父親の相良に対しても、お頭と呼び、親子の情をはさまない。いまも、唐十郎に対し一瞬だけ女らしさを見せたが、すぐに顔を上げると表情を消し、冷淡とも思われる無表情な顔で唐十郎を見つめた。

「早急に琴江どのの所在をつかんで、お知らせいたしましょう」

「そうしてくれ」

「されば、これにて」

相良はそう言うと、軽く手をたたいた。すると、天井の梁にいた次郎が板壁をすべるように下りてきて、相良の肩に飛び乗った。唐十郎と助造を見て大きく歯を剝くと、笑うように体を揺すりながら手をたたいた。どうやら、次郎流の挨拶らしい。

出て行くふたりと一匹の姿を見送りながら、助造が、

「江戸には変わったお人がおる」

と、あきれたような顔で言った。

2

「琴江はいまごろ何を……」

言いかけたりつは声を詰まらせ、抱きかかえた太郎の肩先に顔を伏せてしまった。何も知らない太郎は、きょとんとした顔をしたが、機嫌がいいらしく笑いながら小さな手で母親の髷《まげ》のふくらみをたたいている。

「連れ去ったのは垂江藩の家臣だ。幼子に手荒なことをするはずはない」

弥次郎はりつに、霜月のかかわった家中の騒動のために琴江は連れ去られたようだ、とだけ言った。

むろん、りつは納得しなかった。何のために、幼い女子を連れ去ったのか見当もつかなかったからである。

「りつ、おれにも琴江がなぜ連れ去られたのか分からぬ。だが、琴江はちかいうちに必ずつれもどす。しばらく、騒がずに待っていろ」

弥次郎は強い口調で言った。

りつは、顔を伏したまま、二、三度うなずいた。込み上げてくる嗚咽《おえつ》に耐えているようである。

そのとき、弥次郎は戸口に近付く人の気配を感じて、かたわらの刀に手を伸ばした。りつも異常を察知したらしく、顔を上げて不安そうに夫の顔を見た。

小さく戸をたたく音がし、本間どの、本間どの、という声が聞こえた。霜月である。

「りつ、おれが出たら戸締まりを忘れるな」

そう言い置いて、弥次郎は外に出た。

すでに辺りは夕闇につつまれ、肌を刺すような寒風が吹いていた。その風のなかに、霜月が蒼《あお》ざめた顔で立っていた。だが、霜月の顔が蒼ざめているのは、寒さのせいではなさそうだった。屈託のある重苦しい表情がある。

である。

「何があった」

弥次郎の顔もこわばっていた。琴江の身に異変があったのかも知れない、と思ったのである。

「昨夜、諸井派から要求があった」

霜月が声を震わせて言った。

弥次郎は、こっちへ来い、と言って、霜月の袖を引っ張り戸口から引き離した。直接りつに話を聞かせたくなかったのである。

「要求とは何だ」

「ひ、英丸君と琴江どのの命が惜しくば、袖の雪を渡せと」

「……！」

やはり、そうか、と弥次郎は思った。だが、英丸君を手中に収めながら何故袖の雪にこだわるのだろうという疑念もあった。それに、わざわざ琴江まで人質にとっての念の入れようである。

「それで、どうするつもりだ」

弥次郎が訊いた。

「無念だが、脇差は渡すつもりだ。ふたりの命に代えられぬゆえ脇差を渡すようにと、お菊の方さまの強いご意向もあって……」

霜月は絞り出すような声で言い、手にしていた細長い物をつつんだ風呂敷包みを弥次郎に見せた。

「それは」

「袖の雪の拵《こしら》えでござる」

霜月は、本来の袖の雪の拵えにもどして敵に渡すつもりらしい。

「そっちが腹をかためたのなら、仕方ないな」

弥次郎は、若先生も反対はしないだろうと思った。

ふたりはその足で、松永町の唐十郎の許にむかった。唐十郎は家にいたが、ちょうど外へ出るところだった。

「少し体を温めてこようと思ったが、またにしよう」

唐十郎はふたりの切羽《せっぱ》詰まったような顔を見て、すぐに座敷へ上げた。

「ここは、おれひとりの住家だ。遠慮なく話せ」

「はい、諸井派から要求がありました」

そう言って、弥次郎に話したことを繰り返した。

「これを渡すのか」

唐十郎は、手にした袖の雪を膝先に置いて言った。

「やむをえませぬ」

「それで、この脇差を渡せば、琴江と英丸君は返すというのか」

唐十郎が訊いた。

「い、いいえ、それは……。敵の言い分は、ふたりの命は取らぬゆえ袖の雪を渡せと」

霜月は苦渋の顔をした。

「ふたりは返さぬのだな」

唐十郎は、あまいと思ったが、口には出さなかった。

「ふたりの命が何より大事、命を取らぬとの言質《げんち》を得ただけでもよい、とお菊の方さまが申されて……」

「………」

お菊の方さまは心優しいお方のようだ、と唐十郎は思った。

「これに、袖の雪の拵えを持参いたしました。無念ですが、刀身を替え諸井派の者に渡す所存でござる」

そう言って、手にした風呂敷を膝先で解いた。

黒漆に孔雀の蒔絵《まきえ》がほどこされている、一尺五寸ほどの見事な刀箱だった。蓋《ふた》をとると、なかに目を見張るような見事な拵えの小脇差が入っていた。白の出し鮫《ざめ》柄で、金で蟹《かに》をかたどった目貫《めぬき》が付いている。鞘は黒塗りで螺鈿《らでん》の模様が入っていた。まさに、名刀袖の雪に相応しい華麗な拵えだった。

「元は、この拵えであったのか」

唐十郎の膝先にある脇差の拵えは粗末なものだった。霜月が、敵の目をごまかすため刀身を入れ替えたのである。

「刀身を替えていただきたい」

霜月が刀箱から小脇差を取り出し、唐十郎の前の袖の雪と並べて置いた。

鞘に入った二刀は、およそ五寸ほどの差があった。唐十郎の持っていた袖の雪の方は小刀として腰に差して敵の目を欺くため鞘が長くしてあったからである。

「拝見いたす」

唐十郎は霜月が持参した見事な拵えの小脇差を取り上げた。

左手で柄を握り、右手で鞘をぬき上げると、清澄な刀身が冴えたひかりを放った。

刀身の長さ九寸。刃紋は袖の雪と同じ丁子乱れ。身幅も先にしたがって細くなり、太刀姿も袖の雪にそっくりだった。ただ、地肌に見る者を引き込むような深みがなく、刀身の気品も袖の雪の比ではなかった。

「長光派の鍛冶の鍛えか」

備前長船の鍛冶は鎌倉時代を中心に繁栄し、多くの名匠を輩出した。備前長船といえば名刀の代名詞のようにいわれているが、この時代、長船の鍛冶のような鍛刀をする者はいないはずである。おそらく、鎌倉か室町時代に、長光の一門か同じ系統の鍛冶が鍛えた小脇差であろうが、唐十郎には鍛冶名は分からなかった。

「いかにも」

「だれの作か」

「無銘でござれば、分かりかねますが」

「そうか」

名のない鍛冶が鍛えたものかもしれない。唐十郎は鞘に納めると、弥次郎の手も借りて両刀の目釘を抜き刀身を差し替えた。

「やはり、袖の雪にはこの拵えが似合うな」

九寸の刀身は、霜月の持参した螺鈿の模様が入った黒塗りの鞘にぴたりと納まった。

「これで、おれの仕事も終わりだな」

そう言って、唐十郎は霜月に袖の雪を渡した。

「いえ、若先生にはこちらを持っていていただきたいのです」

霜月が、無銘の刀身の納まった粗末な拵えの小脇差を唐十郎の膝先に置いた。

「相手に袖の雪を渡してしまえば、おれが所持する必要もあるまい」

「この小脇差も、われらの役に立つのです。殿は刀槍《とうそう》や武具などに、あまり関心はございませぬ。万一、この袖の雪が敵の手に渡ったまま殿と英丸君の面会ということになれば、この小脇差を持参し、急場をしのぐこともできましょう」

「そういうことか」

袖の雪にそっくりな刀身を用意したのはそのためらしい。模造刀とまではいかないが、刀に関心の薄い者ならその目をあざむくことはできよう。

「偽の袖の雪こそ、おれにふさわしいかもしれぬな」

唐十郎は、苦笑いを浮かべながら無銘刀を腰に帯びた。

3

庭の枯れ草を風が渡るような音がしたが、すぐに音はやみ、閑寂《かんじやく》とした夜の帳《とばり》が辺りを支配している。

唐十郎は、縁先の雨戸のむこうにかすかな人の気配を感じ、かたわらの祐広を引き寄せた。常人ではないらしい。

すぐに、コッ、コッ、コッと雨戸をたたく音がした。咲である。夜中、咲が忍んで来るとき雨戸を三つたたくのが合図となっていた。

唐十郎はすぐに身を起こし、雨戸をあけた。咲は忍び装束だった。鼠染《ねずみぞ》めの筒袖《つつそで》に細い裁着袴《たつつけ》、腰に小刀を帯びている。咲は女ながらに石雲流小太刀《せきうんりゆうこだち》も遣う。月光のなかに、ひき締まったしなやかな体が浮かび上がっていた。

スルリと縁側に身を入れた咲はすばやく草鞋《わらじ》を取り、夜分、ご無礼いたします、と乾いた声で言った。まだ、伊賀者としての態度をくずしていない。

「何か知れたか」

咲が夜分忍んできたのは、琴江の所在が知れたか垂江藩に特別な動きがあったかである。

「琴江どのの監禁場所が分かりました」

さすが伊賀者である。相良に頼んで、まだ五日しか経っていない。

「そうか。まず、なかに入れ」

唐十郎は居間に行き、石を打って行灯《あんどん》に火を入れた。

行灯の明かりに、咲の白い顔が浮かび上がった。忍び装束のときは覆面で顔を隠していることが多いが、今夜は覆面はしていなかった。色白の顔が行灯の灯《ひ》を映じてうすい鴇色《ときいろ》にかがやいていた。唐十郎を見つめた眸《め》が、濡れたようにひかっている。

「琴江はどこに」

「小石川にある垂江藩の抱え屋敷でございます」

「抱え屋敷に……」

英丸君とお菊の方が、長く身をひそめていた屋敷である。唐十郎は藩士の目に付きやすい場所なので意外な気がした。藩の屋敷では、田島派の者にもすぐに所在をつかまれよう。

「人目を避けて監禁しているようには見えませんでした」

すぐに、咲が言い足した。唐十郎の疑念を感じ取ったらしい。咲の話では、屋敷には諸井派の藩士が十人ほどいて、屋敷周辺を巡視しているという。

「なかの様子も探ったのか」

唐十郎が訊いた。

「はい、英丸君と琴江どの、それに奥女中がふたり、あとは諸井派と思われる家臣たちだけです」

「柴垣はいたか」

「はい」

「土門と市子は」

「土門なる者はおりましたが、市子の所在は知れませぬ。ただ、諸井派は手練を集めているようでございます」

「屋敷を襲う者を迎え撃つ気か」

諸井派は英丸君の身を隠すのではなく、奪還のため襲撃する者を迎え撃つ気で自派の精鋭を集めているようだ。

「それに、唐十郎さま、気になることが」

そう言って、咲が膝を寄せた。

「気になるとは」

「柴垣の指示で上屋敷にいる奥女中を抱え屋敷に呼び、英丸君に会わせて、詰問しておりましたが」

咲によると、ちょうど英丸君の監禁されている奥の間ちかくの床下に侵入したとき、柴垣と奥女中の声が聞こえたという。

「しきりに、英丸君かどうか念を押されたり、霜月どのの行方を訊かれておりました」

「その女中、何と答えていた」

「英丸君だと思うが、お菊の方さまにお仕えしていたのは英丸君の幼いころなので、はっきりしないと」

「……」

どうやら、柴垣が呼んだ奥女中は英丸君の首実検のために呼ばれたらしい。柴垣たちは、綾瀬家から連れ去った英丸君を別人と疑っているのであろうか。

唐十郎は、弥次郎から耳にした霜月の家に三郎太と同じ年頃の少年がいたという話を思い出し、

……何か、からくりがあるのかもしれぬ。

という疑念が湧いた。

「咲、抱え屋敷に監禁されている子が、はたして英丸君かどうか、探ってくれぬか」

「何か疑念がございますか」

咲は怪訝《けげん》な顔をした。

「英丸君が、垂江藩と縁の深い綾瀬家にひそんでいたのも妙だし、柴垣たちが抱え屋敷で監禁しているのも解せぬ。本気で英丸君の身を隠す気はなく、お互いに相手方の出方をうかがっているような気がしてならぬ」

「承知……」

咲はつぶやくような声で言うと、身をかたくし凝《じっ》と唐十郎を見つめた。その眸《め》が濡れたようにひかり、絡み付くような色を宿した。

いま、咲は調べたことを唐十郎に伝え終え、伊賀者から情を交わした愛しい男に逢いに来たひとりの女に豹変していた。

唐十郎は立ち上がり、咲のそばに膝を落とすと肩に手をまわして抱き寄せた。咲はくずれるように唐十郎の胸に身をあずけながら、

「……お逢いしとうございました」

と、喉のかすれたような声で言った。

「おれは、このような気ままな暮らし、いつ来てもかまわぬのに」

唐十郎が咲の耳元でそう囁くと、咲は、

「嬉しゅうございます」

と言って、耐えられなくなったように唐十郎にしがみ付いてきた。

4

座敷のなかは暗かった。すでに陽は沈み、部屋を濃い夕闇がつつんでいたが弥次郎もりつも行灯に火を入れようとしなかった。りつは暗い顔をして、太郎をあやしている。やつれて頬が、肉を抉《えぐ》りとったようにこけていた。このところ、りつは琴江のことが心配で食事も喉をとおらないようなのだ。

琴江を拉致された後、唐十郎から琴江が垂江藩の抱え屋敷に監禁されていると聞いたが、すぐに救い出す手立てはなかった。

夜陰にまぎれて侵入することも考えたが、下手に手を出すと人質に取られた英丸君と琴江が殺される恐れがあった。

昨日、弥次郎が唐十郎にふたりの救出のことで相談に行くと、

「いまの戦力で踏み込めば殺《や》られるのはこっちだ。少なくとも、土門と市子がいっしょでないときでなければ勝機はない」

と、無謀な襲撃を制された。

弥次郎も同感だった。相良たちに頼んで抱え屋敷を探らせているので、いずれその機がくるからそれまで待て、と唐十郎に念を押されたが、弥次郎は凝《じっ》と待つことが堪《た》え難《がた》かった。

「りつ、出かけて来る」

弥次郎は刀を手にして立ち上がった。

りつがビクッと身を伸ばし、怯えたような顔で弥次郎を見た。

「あ、あなた、夕餉は……」

震え声で訊いた。

「いい、腹が減っていないのでな」

「もう、暗くなってるのに、どこへ行くのです」

「琴江だ。……りつ、案ずるな。琴江はおれがかならず無事に助け出す」

弥次郎は己にも言い聞かすように言って土間へ下りた。

背後で、あなた、気をつけてください、とすがり付くようなりつの声が聞こえたが、弥次郎は振り返らず敷居をまたいだ。

屋外は暗かった。まだ西の空にかすかな茜《あかね》色の残照があり、上空にも青みが残っていたが、家並のつづく通りは夜陰につつまれていた。大気は澄んで肌を刺すように冷たく、表店は板戸を固く閉めきっている。寒風の吹き抜ける通りの遠近《おちこち》に、背を丸めて家路を急ぐ町人の姿が見えた。このところ冬に逆もどりしたような寒い日がつづいている。

弥次郎は、小石川にある垂江藩の抱え屋敷にむかっていた。ひとりで、侵入する気はなかったが、座敷で悶々《もんもん》と待っているより、琴江の監禁されている屋敷を見てみようと思い立ったのである。

それに、弥次郎にはいくつかの疑念があり、方法があれば抱え屋敷を探ってみたい気もあった。疑念のひとつは、なぜ琴江を拘引《かどわ》かしたのかということだった。袖の雪を奪い返すためとも考えられたが、もしそうなら英丸君を監禁する前にするはずである。袖の雪を手中にあれば、藩主との面会は不可能なのだ。あえて、琴江を拉致してまで袖の雪を手に入れようとする必要はないのである。

もうひとつの疑念は、霜月の家にいたという三郎太とはちがう少年の存在である。当初、琴江からそのことを聞いたときは、たまたま縁者の子が来ていたか、近所の子が敷地内にまぎれ込んでいただけであろうと軽く考えていた。

だが、唐十郎から英丸君の首実検のため、御部屋さまに仕えていた奥女中が呼ばれたと聞いたとき、

……あるいは、三郎太と英丸君がどこかで入れ替わったのではあるまいか。

と、思い当たったのである。

だが、それも難しい気がした。年格好は似ていたとしても、英丸君に接したことのある

家臣や奥女中ならすぐに気付くだろう。

ただ、弥次郎は三郎太と英丸君は何か特別なかかわりがあり、霜月が英丸君の身を守るために、弥次郎や唐十郎にも分からぬような秘策をめぐらせているような気がしてならなかった。

小石川の抱え屋敷の周辺は百姓地が多かった。家もまばらで夜闇のなかに黒く沈み、枯れ草のおおった田圃《たんぼ》や畔道《あぜみち》を渡ってくる寒風が、飄々と物悲しくひびいていた。

降るような星空だった。寒月が皓々《こうこう》とかがやいている。

抱え屋敷は竹林のなかにあった。暗闇のなかから魔物どもが竹林に集まり騒いでいるようにザワザワと揺れていた。

その竹林のなかに灯《ひ》が見え、その灯の方へ小径《こみち》がつづいていた。

弥次郎は小径をたどって灯の方に歩いた。深い闇が足元をおぼつかなくさせたが、迷うようなことはなかった。灯にむかって歩けばいいのである。それに、竹林のざわめきが足音を消してくれた。

前藩主の静養のために建てられたというだけあって、屋敷は周囲に生垣をめぐらせた数寄屋造りの瀟洒《しょうしゃ》な建物だった。ほとんどの部屋の雨戸は閉まっていたが、いくつかの窓から明かりが洩れていた。

弥次郎は明かりの洩れてくる窓の近くの生垣の陰にかがみ込んでなかの様子を探ろうと

したが、人声は聞こえなかった。ただ、人はいるらしく、ときおり衣擦《きぬず》れの音や廊下を歩くような足音がかすかに聞こえた。

……琴江の監禁されている場所だけでも分からぬか。

と思い、弥次郎は場所を移して聞き耳を立てたが、その場所はむろんのこと人声も聞き取れず、だれがどこにいるのかも分からなかった。

半刻（一時間）ほど弥次郎は生垣の陰にかがみ込んでいたが、何もつかめなかったので、思い切って生垣のなかに侵入し、明かりの洩れている窓下まで接近した。

衣擦れの音と女の声が聞こえた。たわいもない話題だった。ひとりが、初午《はつうま》は明後日で、絵馬売りの姿を見かけたと言い、もうひとりが、近所の稲荷《いなり》の太鼓がうるさくて困るというようなことを話していた。

初午は稲荷神社の祭事で、二月にはいって最初の午の日が祭日となる。初午ちかくなると絵馬や太鼓売りの行商が町々を歩き、子供たちが追いかけまわす。初午の日は子供たちが太鼓をたたき、稲荷のちかくは一日中賑やかなのである。

弥次郎が、去年の初午には、琴江といっしょに近くの稲荷にお参りにいったな、と思い出していると、ふいに、引き戸の開く音がして男の声が聞こえた。

かなりはっきり聞こえたので、弥次郎は慌てて軒下の濃い闇に身を隠したが、それほど近くではなかった。玄関先である。屋外で喋った声なので、はっきり聞こえたようだ。

提灯に照らし出されたふたりの武士の姿が見えた。こっちを向いているひとりの横顔が、明かりのなかに浮かんでいた。

……あやつ、仕舞屋を襲撃した男だ。

弥次郎は、頬骨の尖った痩身の男の顔に見覚えがあった。

もうひとりの方は、弥次郎に背をむけていたので誰だか分からなかった。

ふたりの武士は枝折り戸を押して外へ出ると、竹林のなかの小径の方へ歩き出した。どこかへ出かけるらしい。

弥次郎は、提灯の明かりを見ながら後を尾《っ》け始めた。当初は、ふたりの行き先をつかむつもりだったのだが、竹林の濃い闇のなかに入ったとき、できれば頬骨の男から話を聞き出したいと思いなおした。

その弥次郎の背後に、もうひとつ動く人影があった。濃い闇のなかを足音もたてず、巧みに尾けていく。

咲だった。咲は夜陰にまぎれる忍び装束で屋敷内をさぐっていたのである。そして、弥次郎がふたりの武士の後を尾けだすと、咲も後を追ったのである。むろん、弥次郎は咲の尾行に気付いていない。

5

前方のふたりは竹林のなかを抜け、田圃のなかの畔道に出た。辺りに百姓家や樹木はなく、月光に照らされた田圃が寒々とひろがっている。弥次郎は竹林の出口まで来て逡巡した。身を隠す場所がなかったのである。

だが、弥次郎は、仕掛けるならここだ、と直感した。一気に間をつめ抜き打ちざまにひとりを斃《たお》せば、一対一の勝負にもちこめると踏んだのである。

弥次郎は手早く袴の股立を取ると、右手を唾で濡らし、足音を立てぬよう足を速めて間をつめた。前方のふたりとの間が十数間にせばまったとき、弥次郎は一気に駆けだした。

疾走しながら、左手で刀の鯉口《こいぐち》を切り、右手を柄に添える。

前方のふたりが背後からの足音を聞きつけ、ほぼ同時に首をひねって後ろを見た。もうひとりは、仕舞屋の襲撃のさいに見た丸顔の男だった。ふたりは背後から迫る弥次郎を見、驚愕と恐れで身をかたくした。

が、それも一瞬だった。ふたりは襲撃者がひとりであることを見て取り、己を取り戻したようだ。

「敵だ！」

頬骨の尖《とが》った男が叫びざま反転し、丸顔の男が提灯を田圃にむかって投げた。丸い明かりが虚空を飛び、ボッと音をたてて田圃のなかで燃え上がった。

弥次郎は獲物を追う野獣のように突進した。抜刀の一瞬が勝負を決める。

弥次郎がふたりとの斬撃の間に入ったのは、頬骨の尖った男が抜刀し青眼に構えようとし、丸顔の男が抜きかけたときだった。

走りざま、弥次郎は丸顔の男の抜刀が遅れると見て取った。

イヤァッ！

甲声《かんごえ》を発し、弥次郎が抜き付けた。シャッ、という刃唸りとともに、弥次郎の腰から閃光が疾《はし》った。

――入身迅雷《いりみじんらい》。

敵の正面に迅雷のごとく一気に踏み込む。弥次郎は入身迅雷から抜き上げ、敵の頭上に斬り落とした。真向両断である。

入身迅雷から真向両断へ。まさに疾風のような連続技だった。

その刀身が、抜刀しかけた丸顔の男の頭上をとらえた。鈍い骨音とともに頭蓋が柘榴《ざくろ》のように割れ、血と脳漿《のうしょう》が飛び散った。

一瞬、男の血達磨《ちだるま》の顔が燃え上がった提灯の火の明かりのなかに浮かび上がったが、悲鳴も呻《うめ》き声も上げず、闇のなかにくずれるように倒れた。即死である。地に伏した男の死骸からかすかな血の噴出音が聞こえた。

すかさず、そばにいた痩身の男が、

「おのれ！」

と怒声を上げ、袈裟に斬り込んできた。

その斬撃を読んでいた弥次郎は刀身を返しざま撥《は》ね上げ、素早く敵の右手をすり抜けた。

多くの場合、居合は一度抜くと敵を斃《たお》し終わるまで動きがとまらない。流麗な舞いのような動きで、二の太刀、三の太刀をふるう。

敵の右手をすり抜けた弥次郎は身をひるがえしざま、刀身を横に払った。その切っ先が、反転しようと体をひねった痩身の男の右腕をとらえた。二の腕を深くえぐった衝撃で、男は持っていた刀を取り落とした。

慌てて刀を拾おうと片膝をついた男の首筋へ、弥次郎の切っ先がぴたりとつけられた。

「動くな！」

弥次郎の鋭い声がひびき、片膝をついたまま男の動きがとまった。

「小宮山流居合、本間弥次郎。うぬの名は」

弥次郎が誰何《すいか》した。

「……た、垂江藩士、川崎弥五郎《かわさきやごろう》だ」

川崎は激しく体を震わせていた。恐怖と憤怒で逆上しているらしい。

「うぬに、話を聞きたい。先ほど出てきた屋敷に琴江がいるな」

「し、知らぬ」

川崎は吐き捨てるように言った。

「喋らねば、ここで首を刎《は》ねる」

弥次郎の顔は蒼ざめ、鬼神を思わせるような凄絶さがあった。

「……！」

弥次郎を見上げた川崎の顔がひき攣《つ》った。

「琴江はいるな」

「……」

川崎は視線をそらせた。

「やむをえぬ」

言いざま、弥次郎は刀身をふりかぶった。そのまま川崎の首を刎ねるつもりだった。

「ま、待て」

川崎が顔を上げた。恐怖に顔をゆがめていたが、その目には媚《こ》びるような色があり、喋れば、命は助けてくれるか、と哀願するように言った。

「いいだろう」

「琴江なる子女は屋敷内にいる」

「場所は」

「奥の間だ」

「英丸君は」

「同じ奥の間だ」

「なぜ、琴江を連れ去った。垂江藩とかかわりはあるまい」

「そ、それは……」

川崎は言いにくそうに口ごもったが、そこもとの家に踏み込んだとき、千代紙を見たからだ、と言った。

「千代紙だと、どういうことだ」

弥次郎は、諸井派の者たちに家が荒らされた後、琴江が泣きながら泥にまみれた千代紙を拾い集めていたのを思い出した。

「綾瀬家にひそんでいた英丸君も同じ千代紙を持っていたのだ」

「……！」

弥次郎は、霜月の家を掃除にいったとき、琴江が三郎太に千代紙を渡したのを見ていた。

「すると、綾瀬家にいたのは英丸君ではないのか」

やはり、その子は三郎太のようである。

「われらは、英丸君が図柄の同じ千代紙を持っていたことに疑念をいだいた。奥女中が渡した様子もない。英丸君がそこもとの子女と接触することなどありえない。そこで、われらは、お連れした英丸君は別人ではあるまいかとの疑念をもった。……それに、霜月が英丸君と同年齢の男子を連れて江戸へ来たのも分かっていた。それで、そこもとの子女を屋敷に連れてきて、対面させたのだ」

「首実検か」

「そうだ」

「それで、琴江は何と言った」

「幼子のくせに強情でな。ふたりを会わせても何も言わぬ。口をつぐんだまま、首を横に振るだけだ」

「……！」

その子は三郎太だ、と弥次郎は確信した。琴江は、霜月家や三郎太のことを他人に話してはならぬ、と言いつけた弥次郎の言葉を守っているのだ。琴江が口をつぐんでいるのは、その子が三郎太だからだ。

おそらく、霜月といっしょに暮らしている少年が英丸君であろう。

「それにしても、市井《しせい》の女子などに訊かずとも、藩邸内に英丸君のことを知っている者がいるはずだがな」

弥次郎が訊いた。

「それが、英丸君の側近はわれらの味方ではないのだ。英丸君に接触したことのある別の奥女中などに質《ただ》しても、似ておられる、と言うだけではっきりしたことが分からぬ」

「そうか」

今までお菊の方と英丸君は、抱え屋敷でひっそりと暮らしていたのであろう。ふたりのそばに仕えていた女中や警護の藩士もわずかで、当然のことながら田島派のはずである。柴垣たちも側近を呼んで首実検をするわけにはいかなかったのだろう。仕方なく英丸君と面識のある他の奥女中などを呼んで会わせたが、英丸君かどうかはっきりしなかったようだ。それだけ、英丸君と三郎太が似ているのであろう。

「それで、あらためて袖の雪を奪おうとしたのか」

「そうだ。英丸君でなくとも、袖の雪があれば、殿との面会は阻止できるからな」

「なるほど」

弥次郎は琴江が監禁された理由が分かった。同時に英丸君の身を守るために立てた霜月の計略も見えてきた。

わが子、三郎太を英丸君に代えてお菊の方といっしょに過ごさせ、英丸君は相生町に借りた家で霜月とともに身を隠しているのだ。敵に所在をつかまれやすい綾瀬家に、お菊の方と三郎太の化けた英丸君が身をひそめていたのもそのためである。初めから、三郎太が英丸君の身代わりになって捕らえられる計画だったのである。

だが、新たな疑問もわいた。お菊の方は霜月ひとりに、英丸君の身をあずけているのだ。いかに霜月の子が英丸君に似ていたからといって、一介の藩士にすぎない霜月をそこまで信頼するだろうか。

弥次郎が口をつぐんだまま思案していると、

「これ以上、拙者に訊くこともないようだな」

と言って、川崎が立ち上がろうとした。

「待て、もうひとつ訊きたいことがある。袖の雪はどこにある」

「そ、それは分からぬ。柴垣どのが隠したが、われらにも分からぬのだ」

川崎は訴えるような目をして言った。嘘を言っているようにも見えなかった。

「行け」

と弥次郎は小声で言った。

このまま川崎を逃がすと、琴江を殺すのではないかとの不安がよぎったが、人質にとっている琴江を川崎の一存で手にかけることもあるまいと思い直した。

川崎はすぐに立ち上がらず、左手で右腕をおさえたまま視線を落としていた。

弥次郎は一歩身を引き、血塗れた刀身を懐紙でぬぐって納刀した。その瞬間だった。ふいに、川崎が右手で落ちていた刀をつかんで立ち上がった。

「死ねい！」

吠え声を上げ、川崎が斬りかかってきた。

弥次郎は腰を落として抜刀の体勢をとろうとした。だが、抜いて受ける間がなかった。一瞬の弥次郎の気のゆるみを衝《つ》いた川崎の斬撃の方が迅かった。

背後へ上体を倒してかわそうとした弥次郎の肩先を、川崎の切っ先がかすかにとらえた。着物が裂け、肩から胸にかけて血の線が走った。

さらに、川崎は体勢をくずして後じさった弥次郎の頭上へ、二の太刀を振り上げた。

そのときだった。大気を裂く音がし、ギャッと叫んで、川崎がのけ反った。その一瞬をとらえて体勢をたてなおした弥次郎は、渾身の一刀を横一文字に抜き放った。

重い手応えを残し、川崎の上体が折れたように前にかしげた。弥次郎の一撃が腹を深く抉ったのである。川崎は腹から臓腑を溢《あふ》れさせ、なおも弥次郎に斬りかかってこようとしたが、腰から砕けるようにその場に倒れた。

川崎の背に棒手裏剣が刺さっていた。何者かが、背後から投げて弥次郎の危機を救ってくれたらしい。

「本間どの」

竹林の方から女の声がし、忍び装束の咲が姿をあらわした。

「咲どのか……。お蔭で助かった」

「お怪我は」

咲は、弥次郎の肩口に目をむけた。それほどの傷ではないが、まだ出血しており、肩口から胸にかけてどす黒い血に染まっていた。

「浅手ゆえ、大事ないが」

「念のため止血いたしましょう」

咲はそう言うと、弥次郎に腰を落とさせ、貝殻に詰めた金創膏《きんそうこう》と油紙をふところから取り出し傷口に当てると、三尺手ぬぐいで手早く傷口を縛り上げた。伊賀者らしく、応急処置は手慣れたものである。

それから、ふたりは畔道に横たわっているふたつの死骸を竹林のなかに運び、灌木の枝を切って隠してからその場を去った。諸井派が仲間の斬殺を知れば、琴江に危害が及ぶかもしれないという危惧があったからである。

7

弥次郎と唐十郎は、相生町の通りに面したそば屋の飯台に腰を落としていた。戸口のそばの席で、そこから暖簾《のれん》越しに通りが見えた。暮れ六ツ（午後六時）ちかくであろうか。土蔵の白壁や大店の屋根などに残照の仄《ほの》かな明らみがあったが、通りの家並の軒下などには薄闇が忍んできていた。

「弥次郎、霜月は来るかな」

唐十郎が杯をかたむけながら訊いた。

ふたりは、ここで霜月の来るのを待っていたのである。

「そろそろ来るはずですが……」

弥次郎は、ここ数日いまごろの時間に牢人体の霜月が深編笠をかぶって出かけるのを目撃していた。霜月はこの通りを、神田川の方へ向かって歩いて行く。弥次郎は田島派の者との密談のためであろうと推測していた。

「霜月は承知するかな」

「何とか、話してみますよ。それに、霜月も三郎太を助け出したいはずです」

通りを見つめながら、弥次郎が言った。

弥次郎が諸井派の藩士を斬って、七日経っていた。その後に抱え屋敷に潜入した咲から、琴江があまり食事も摂《と》らず、やつれているようだ、との報《し》らせがあり、何とか琴江と三郎太を助け出そうということになったのである。

そのためには、霜月の同意を得て、田島派の藩士の力も借りねばならなかった。だが、霜月が同意するかどうか微妙だった。英丸君に化けて人質になっている三郎太を救出すれば、諸井派は総力を上げてその行方を探そうとするだろうし、当然霜月の所在をつき止めようともする。そうなれば、霜月の家に身をひそめている英丸君のことが敵側に知れる恐れがあったからだ。

そうかといって、抱え屋敷を襲撃し、琴江だけを救出するのはあまりに不自然だった。監禁されている英丸君が、偽者だと知らせるようなものである。

「若先生、来たようです」

弥次郎が立ち上がった。唐十郎もすぐに立ち上がり、店の親爺に金を払うと、ふたりは通りへ出た。

「待て、霜月」

霜月が神田川沿いの道に出たところで、ふたりは追いついた。

「これは、本間どのと若先生……」

立ち止まった霜月は、困惑したような声で言った。深編笠はかぶったままである。

「歩きながら話そう」

唐十郎が言った。

霜月は本郷ではなく、浅草《あさくさ》方面にむかって歩いていた。そっちに新たな密会場所があるのだろう。すでに陽は沈んでいたが、夕闇がつつむ前の明らみがあり、往来の人々の顔を妙にくっきりと浮かび上がらせていた。

二月の末である。川岸の道を、春の訪れを感じさせる柔らかな風が吹いていた。ぽつぽつと家路を急ぐ人影があったが、三人の姿に目をとめる者はいなかった。

「話をする前に訊いておきたいことがある」

弥次郎が小声で言った。

「なんです」

「抱え屋敷に監禁されている子が三郎太であることは分かっている」

弥次郎が自問するような口調で言った。

霜月はハッとしたように足をとめたが、何も言わず、小さくうなずくように深編笠を動かしただけである。

この場は弥次郎に任すつもりらしく、唐十郎は黙って後ろから跟《つ》いてきた。

「相生町の家に大工まで入れて人目を避けようとしたことも、三郎太と同じ年頃の子と外にも出ずに暮らしていることも得心がいった。だが、ひとつだけ疑念がある。……おまえとお菊の方さまのかかわりが知りたい」

弥次郎は、御部屋さまと藩士の関係ではあるまいと思っていた。三郎太と英丸君が似ているらしいことや、お菊の方が全幅《ぜんぷく》の信頼を寄せて英丸君をたくしていることから特別な関係があるはずだと思ったのである。

「……お菊の方さまは、拙者の義妹《いもうと》なのだ」

霜月は小声で言った。腹をくくったらしく、落ち着いた声だった。

お菊の方は霜月の妻の妹で、家は二百石だという。若いころ奥女中として藩主である正幸に仕え、手がついたとのことだ。

「そういうことか」

弥次郎は納得した。

三郎太と英丸君は従兄弟《いとこ》同士ということになる。顔が似ていても不思議はない。それに、義兄ということになれば、お菊の方が霜月を信頼して英丸君をあずけたのもうなずける。

「その三郎太と琴江のことだが、いつまでもこのままというわけにはいかぬ」

弥次郎が声をあらためて言った。

「あと一月《ひとつき》ほどでござる。殿と英丸君の面会がすみ、晴れてお世継ぎとして認められれば、ふたりの監禁も解かれるはず……」

「それまで待てぬ。……ふたりの身が持つまい。それに、柴垣たちはうすうす三郎太であることに気付いている様子、ふたりの命と引き換えに英丸君の所在を知ろうとするかもしれぬぞ」

「……」

霜月の足が急に遅くなった。動揺しているらしく、深編笠の縁が小刻みに震えている。

「三郎太は、おまえの子だ。助け出したいとは思わぬのか」

「……思う。思うが、すべて垂江藩八万石のためでござる」

霜月は絞り出すような声で言った。

「三郎太は承知していたのか」

「幼子なれど、武士の子でござる。一命を捨てる覚悟はできているはず」

「そうか」

弥次郎は道場で見た三郎太のことを思い出した。その色白の面貌《おもて》に脆弱さを感じたが、芯《しん》の強い子のようだ。

そのとき、背後から唐十郎が口をはさんだ。

「けなげにもふたりの子は、親の言いつけを命がけで守っているようだが、そのふたりを犬死にさせてよいのか」

「……」

霜月は無言だった。頭を垂れて戸惑《とまど》うように不規則な歩調で足を運んでいる。

「すでに、ふたりの子の役目は終わっているのではないかな。諸井派が袖の雪を手に入れて万一に備えたのは、綾瀬家から連れ去った子が英丸君ではないかもしれぬと疑念を持ったからであろう。……すでに、諸井派はおぬしや英丸君の所在をつかもうとひそかに動いているかもしれぬ。ふたりの子を助け出しても、大勢に影響はないはずだが」

「ですが、ふたりの子を助け出すのは至難でござる」

ふいに霜月が足をとめて言った。

諸井派はさらに人数を増やし、十人ほどの藩士が抱え屋敷に滞在し、交替で夜も寝ずに番をしているという。

「きゃつらは、われらが救出に来るのを待っているのでござる。田島派の家臣を斬るために」

「それは承知している。だが、われらには心強い味方がいる」

唐十郎は相良に話して伊賀者の手を借りるつもりでいた。

「味方とは」

霜月が訊いた。

「名はあかせぬが、忍びの手練たち」

「忍び！」

「ときに、軍勢にも匹敵する働きをする」

「そのような味方が……」

霜月が深編笠を取った。顔は蒼ざめていたが、双眸は射るように鋭かった。

第五章　死闘

1

連子窓《れんじ》から、春の訪れを感じさせるやわらかな風が流れ込んでいた。昨夜降った雨のせいか、土の匂いがする。心を和《なご》ませるような匂いである。

唐十郎は道場に立っていた。つい先頃まで、素足で触れる道場の床板は凍り付くように冷たかったが、いまは木肌の感触を快く感じることができる。

唐十郎は助造を相手に、半刻（一時間）ほど稽古した後、居合用の刃引刀《はびきとう》を納め、

「助造、人を斬ったことがあるか」

と訊いた。

「い、いいえ……」

助造は訝《いぶか》しそうな顔をむけた。

「斬ってみるか」

道場の稽古だけでは限界がある、と唐十郎は感じていた。とくに居合は敵の太刀筋や間を読んで抜刀することが大事で、道場の稽古だけではその微妙な呼吸はなかなか会得でき

ないものである。事実、唐十郎も、父重右衛門の命で死骸や野犬を斬ったり、ときには辻斬りや夜盗を待ち伏せて斬ったりして実戦の経験を積んだのである。

「はァ」

助造は逡巡するように目をしばたたかせた。唐十郎が何を言おうとしているのか分からぬようである。

「すでに知っていると思うが、弥次郎の娘と霜月の倅が拘引《かどわ》かされ垂江藩の抱え屋敷に監禁されている。それを助け出すつもりだが、助造もわれらに加われ」

助造を同行してもたいした助勢にはならぬが、実戦のいい機会だと唐十郎は思ったのだ。

「は、はい」

助造は目を剝いてうなずいた。

「ならば、すこしでも実戦のための稽古をしておこう」

唐十郎はそう言うと、稽古用に用意してある青竹と巻藁《まきわら》を庭に運ばせ、

「これを人と思って斬るのだが、ただ斬ったのではいつもの稽古と変わらぬ。物打《ものうち》（刀身の切っ先三寸ほどのところ）で敵の背中を斬るつもりで抜き付けろ」

そう、命じた。

真剣を手にした敵と対峙すると、恐怖のためどうしても踏み込みが浅くなる。助造のよ

うな実戦の経験のない者が敵を斬るには、斬撃の間に踏み込んでから抜くことが何より大事なのだ。

唐十郎は、いっとき助造が立てた青竹を斬るのを見ていたが、何も言わずにその場を離れた。

それから三日経った夜、唐十郎は雨戸をたたく音を聞いた。すぐに戸を開けると、忍び装束の咲が立っていた。

「どうした」

「これより、垂江藩の抱え屋敷にむかいます」

咲が小声で伝えた。

「屋敷を出たのは、どっちだ」

唐十郎たちは、土門と市子のどちらかがいないときに襲うと決めていた。ふたりが相手では、返り討ちにあう恐れがあったし、狙いどおり三郎太と琴江を助け出したとしても多数の犠牲者がでることが分かっていたからである。

「市子でございます。ふたりの藩士とともに、夕刻、抱え屋敷を出、上屋敷へむかったようです」

「分かった」

抱え屋敷に残っているのは、土門ということになる。

唐十郎はすぐに道場へむかった。

着替えの間で横になっていた助造に、これから抱え屋敷にむかうことを伝えると、刀をつかんで飛び起きた。

すでに四ツ（午後十時）は過ぎていた。通りの表店から洩れてくる灯もなく、ひっそりとしていた。月光が道を皓《しろ》く照らし出していたが静寂が辺りをつつみ、ときおり犬の遠吠えが聞こえてくるだけである。

先導する咲にしたがって、唐十郎と助造は裏通りを湯島方面へとむかった。途中、相生町に入った路地の樹陰に数人の人影が立っていた。弥次郎、霜月、それに顔の知らぬ三人の男がいた。垂江藩士である。

「若先生、この三人はわれらの同志でござる」

霜月が紹介した。

三人は唐十郎に一礼し、それぞれ風間新兵衛《かざましんべえ》、赤岩金之丞《あかいわきんのじょう》、佐久間伊蔵《さくまいぞう》と名乗った。三人とも相応の遣い手らしく、腰が据わり身構えにも隙がなかった。

多勢では敵に気付かれる、小人数の方がよい、という唐十郎の意見を入れ、田島派の藩士のなかから選りすぐった者たちらしい。

「敵勢は」

唐十郎が咲に訊いた。

「土門以下八名にございます。さらに、三郎太どのと琴江どのの世話をする奥女中がふたり、下女、下働きの者が数人」

「柴垣は」

「おりませぬ。上屋敷にいると思われます」

「分かった。伊賀者が三郎太と琴江の身を確保してからわれらが踏み込む手筈だ」

唐十郎が霜月たちにそう話すのを聞いてから、

「では、これにて」

咲は一礼して走り出した。

すぐに忍び装束が家並の軒下の闇に溶け、その姿が消えた。

唐十郎たちも歩き出した。やがて小石川に入り、前方に抱え屋敷のある竹林が見えてきた。風がなく、夜の静寂《しじま》が竹林をつつんでいた。どこにいるのか、闇を震わすような梟《ふくろう》の啼《な》き声が聞こえた。

すでに子《ね》ノ刻《こく》(午前零時)を過ぎているはずだったが、竹林の漆黒の闇の先にかすかな灯《ひ》が見えた。宿直《とのい》の灯であろうか。

その灯にむかって、唐十郎たちは闇のなかを歩いた。

屋敷をかこった生垣のところまで来ると、生垣の陰でスッと黒い影が動き、咲が唐十郎に身を寄せてきた。

「屋敷内に騒ぎを起こします。頃合を見て侵入してください」

咲が小声で伝えた。

唐十郎が無言でうなずくと、咲は生垣の間からスルリと敷地内に入り、屋敷へむかって走り出した。どこからあらわれたのか、その咲と並ぶようにして、もうひとつの人影が屋敷へとむかう。相良のようである。咲と相良の姿は、ほんの一瞬闇を横切る黒い疾風のように見えたが、すぐに軒下の濃い闇のなかにまぎれて見えなくなった。

「しばらく、ここで待つ」

そう言って、唐十郎は袴の股立を取り、刀の下げ緒で両袖を絞った。他の男たちも同じように身支度をととのえ始めた。

七人の男たちは無言だった。闇のなかに目だけがうすくひかっている。

唐十郎は助造の肩先が小刻みに震え、襷がなかなか結べないのを見て、

「丹田《たんでん》に力を入れて肩の力を抜け。それでも震えがとまらなければ、陰嚢《ふぐり》をつかんでひとつ大きく息を吐いてみろ」

と小声で言った。

はい、と小さな声が聞こえ、闇のなかで助造の体がもそもそと動いた。言われたとおりにやっているらしい。

2

燭台の灯が、ぼんやりと座敷を照らしていた。座敷にはふた組の夜具が延べられ、かすかな寝息が聞こえた。子供の顔がふたつ、燭台の焔《ほむら》を映してうすい柿色に浮かび上がっている。琴江と三郎太である。

ふたりの夜具に、長い人影がふたつ伸びていた。座敷の隅に武士がふたり柱を背にして座っている。黒羽織を肩にかけて目を閉じていたが、眠ってはいない。いつでも、手にとれるよう刀を右脇に置き、ときおり目をあけて、ふたりの子供の顔や周囲に目をくばっている。

その座敷の天井裏に咲と相良、そして相良のそばに猿の次郎がいた。ふたりと一匹は屋敷内に侵入すると、人のいない座敷から天井に忍び込み、琴江と三郎太のいる奥座敷の上まで這ってきたのである。

節穴から洩れてくる明かりに顔を照らされた咲が、

……このまま侵入すると、ふたりの身に危害が及ぶかもしれませぬ。

と口の動きだけで伝えると、

……次郎を使う。

と相良が応えた。

相良は次郎の鼻先で、しきりに指と口を動かし、ふところから白布を取り出してなにやら指示をしていたが、ふいに次郎はその白布をくわえ、スルスルと梁を伝って侵入してきた方へむかった。その後を相良がついていく。

それからいっときして、廊下で異様な音がした。足音のようだが、人ではない。何か固い物で床をひっ搔くような音である。

琴江と三郎太を見張っていたふたりの武士は、ハッとしたように目をあけた。すぐにかたわらの刀に手を伸ばしたが、動きをとめ、なんだ、この音は、というような顔をして耳をそば立てている。

音はしだいに大きくなり、ふたりのいる座敷のむこうまで近付いてきた。そのとき、ポッと廊下が明らみ、廊下側の障子に大きな人の影が映った。同時に、ケッ、ケッ、ケッという甲高い音がし、人影が虚空を飛びまわるように激しく揺れた。

ふたりの武士はギョッとしたように身を固くしたが、

「妖怪か！」

一声叫ぶと、刀をつかんで立ち上がった。

その動きにつられたようにもうひとりも立ち上がり、障子をあけて廊下へ飛び出した。

その瞬間、フッと明かりが消えた。同時に巨大な人影も消滅し、ふたりの腰丈ほどの小さな白い物体が飛び跳ねるように廊下の先の闇のなかへ向かって行く。

まさに、妖怪の跳梁《ちょうりょう》のようだった。

ふたりの武士は、凍りついたように立ちすくんだ。

白い物体は、頭から白布をかぶった猿の次郎だった。廊下の隅にいた相良が、袖火《そでび》と呼ばれる懐炉《かいろ》のような種火で持参した蠟燭《ろうそく》に火を点け、障子に影を投じたのである。

ふたりの武士は闇に浮かんだ白い物体に肝《きも》を冷やし自失して、反対側の隅にいた相良にはまったく気付かなかった。

「化け狐か！」

われに返ったひとりが叫び、逃げて行く次郎を追いだした。やや遅れて、その後をもうひとりが追う。ふたりが部屋の前を離れた隙に、相良がスルリと座敷へ侵入した。

天井裏にいた咲は、ふたりの武士が廊下へ出ると同時に、すばやく天井板をはずし、座敷へ下り立った。

すでに、ふたりの子供は目を覚まし夜具から身を起こしていた。そのときふいに天井から下りてきた黒装束の咲に、ふたりは凝固したように動かず、驚愕と恐怖に目を剝いていた。

「助けにきました。霜月どのと本間どのが、表で待っています」

　咲が小声で言うと、その優しげな女の声に安心したらしく、ふたりの子供のひき攣《つ》った顔がゆるみ、嬉しそうな表情が浮かんだ。琴江が、うん、と言ってうなずくと、そばにいた三郎太もうなずいて立ち上がった。

　そのとき、相良が入って来て、こっちへ、と言って、隣の部屋へつづく襖《ふすま》をあけた。その座敷に人影はなく、闇につつまれていたが、夜目の利く相良はすばやい動きで雨戸を一枚はずした。月光が射し込み、一瞬子供たちと咲の姿がくっきりと浮かび上がったが、すぐに屋外の薄闇のなかへ飛び込むように消えた。

　咲とふたりの子供が外へ出たのを見た相良は、ふたたび廊下へもどった。そのとき、琴江と三郎太の監禁されていた座敷から、

「逃げた！　ふたりの子が逃げた」

　という叫び声が聞こえた。

　その声に呼応するように、屋敷内のいくつかの部屋に灯が点り、男の甲高い声や慌ただしく戸をあける音などが聞こえてきた。ふたりの武士の叫び声を聞いて、屋敷内につめていた諸井派の武士たちが起き出したようだ。

　……いいころあいだ。

　相良はそうつぶやくと、わざと大きな足音をたてて闇に閉ざされた廊下を走り、敵

襲！ 敵襲！ と叫びながら、襖を開け放ち雨戸を蹴倒した。

すぐに屋敷内で、どっちだ、明かりを点けろ、などという声が聞こえ、あちこちで戸を開け放つ音、廊下を走る足音、家具を倒す音などが起こり騒然となった。

相良はさらに雨戸を蹴倒し、

「表だ！ 表へ逃げた。逃がすな、追え！」

と、大声を上げた。

その声に応ずるように、屋敷の周囲からバタバタと雨戸を倒す音が聞こえてきた。

……後は、狩谷どのたちの仕事だ。

相良は口元に笑いを浮かべて、屋外の闇のなかに身をひるがえした。

3

唐十郎は、屋敷内から男たちの叫び声や雨戸を蹴倒す音などが聞こえると、かがんでいた生垣の陰から身を起こした。すぐに、他の六人の男たちも立ち上がった。

「行くぞ」

唐十郎の声で、男たちは次々に生垣の間から敷地内に侵入した。

屋敷の正面にあたる石や庭木を配した庭に、いくつかの人影が見えた。何か探すように走っている。屋敷から飛び出してきた諸井派の藩士らしい。

「弥次郎、霜月、裏手へまわれ」

唐十郎はそう指示し、自分は人影の見えた正面へむかった。助造と三人の藩士も唐十郎の後につづいた。

「敵だ！　敵だ！」

駆け寄る唐十郎たちに気付いたらしく、諸井派の藩士がけたたましい声を上げた。

弥次郎と霜月は唐十郎たちと離れ、屋敷の裏手へ走った。咲と相良が琴江と三郎太を助け出し、裏手から唐十郎たちの待機していた生垣の方へ来る手筈になっていたのだ。

裏手は葉を茂らせた樫《かし》が植えられていて、月光をさえぎり闇が濃かった。それでも屋敷と樹木の陰との間に月光が射し、視界は屋敷の隅までとどいた。

「むこうから、だれか来るぞ」

霜月が低い声で言った。

見ると、葉叢《はむら》の間から洩れた月明かりのなかに人影が見えた。子供ではなかった。武士のようである。

「ふたりだ」

小走りにこっちへむかって来る。

しい。

「諸井派の者です」

霜月がこわばった顔で言った。どうやら、裏手に飛び出した敵の八人のうちのふたりら
「斬るぞ」

弥次郎は声を殺してそう言うと、左手で鍔元を握り樹陰の濃い闇のなかへ駆け出した。一気に敵との間をつめ、抜き付けの一刀で斃《たお》すつもりだった。霜月も後につづく。

闇のなかでふたりの足音がひびき、前方の人影が立ち止まった。葉叢から射す月光が、ふたりの藩士の顔に皓《しろ》い斑《まだら》を落としていた。その顔が、迫り来る敵の姿を探すように左右に動いた。

そのとき、弥次郎と霜月の姿が、葉陰の切れ目から出て月光に浮かび上がった。すでに、ふたりの藩士との間は四間（約七・二メートル）ほどに迫っている。

「いた、ふたりだ！」

喉の裂けるような声を上げ、ひとりの藩士が抜刀した。もうひとり右手にいた藩士も、腰の刀に手をかけて抜き上げた。

一瞬、ふたつの刀身が月光を反射《はね》て銀蛇のようにひかった。

イヤアッ！

裂帛《れっぱく》の気合を発し、右手の藩士にむかって走りざま弥次郎が抜き付けた。シャッ、とい

う刀身の鞘走る音とともに、弥次郎の腰から閃光が疾った。

稲妻《いなずま》である。

稲妻は、上段から間合に入ってきた敵の胴を狙って横一文字に抜き付ける技である。右手の藩士が刀身を大きく抜き上げたため胴が空いたのだ。稲妻は片手斬りのため、遠間《とおま》から仕掛けても切っ先がとどき、腹を裂くことができる。

ズンという鈍い音がし、肉を裂く手応えが弥次郎の手に残った。一瞬の勝負だった。敵の藩士は振り上げた刀身を斬り落とす間もなかった。

藩士の腹が裂け、臓腑が溢《あふ》れ出た。藩士は喉のつまったような呻き声を上げ、腹を押さえてうずくまる。

「とどめを刺してくれる」

弥次郎は、二の太刀で藩士の首筋を斬った。

首筋から音をたてて迸《ほとばし》り出る血を、いっとき藩士は左手で押さえていたが、そのまま前に倒れるようにつっ伏した。

弥次郎がひとりを斃したとき、霜月はもうひとりの敵と対峙していた。走りざま放った霜月の抜き付けの一刀は、敵の腰のあたりをとらえたが、浅く肉がそげただけである。

同じ家臣である敵は、霜月の顔を知っていた。

「お、おのれ！　霜月」

逆上したように目を攣《つ》り上げ、袈裟《けさ》に斬り込んできた。気攻めも牽制《けんせい》もない唐突な仕掛けだったが、その一撃には捨て身の果敢さと鋭さがあった。

その斬撃を受けようと、霜月は咄嗟《とっさ》に刀身を撥ね上げたが、一瞬遅れた。鈍い金属音とともに青火が散り、ふたつの刀身は刃を合わせてとまったが、敵の切っ先が霜月の肩口へ食い込んでいた。

「霜月!」

叫びざま、弥次郎が動きのとまった敵の左手から飛び込み、脇腹に切っ先を突きたてた。

体ごと突き込んだ刀身は男の腹を抜け、五寸ほども突き出した。グワッ、という呻き声を上げ、左手で弥次郎の刀身をつかみながら男はがっくりと膝をついた。

霜月が、前にかがみこんだ男の肩口へかぶさるように上体を曲げ、手にした刀身で男の首筋を押し斬った。

ビシャッ、と生暖かい血が霜月の顔にかかった。血飛沫《しぶき》が八方に飛び、霜月の半顔が真っ赤に染まった。

「傷は」

弥次郎が訊いた。

「あ、浅手だ。骨までとどいていない」

霜月は、ハア、ハアと荒い息を吐いた。半顔が血に染まり、凄まじい形相である。

そのとき、父上、という子供の声がした。見ると、前方の木の下闇《こしたやみ》のなかからふたりの子が飛び出して来た。

琴江と三郎太である。ふたりの後ろに、咲の姿が見えた。

「琴江……」

弥次郎が声をかけると、琴江は泣きだしそうな顔をして駆け寄り、弥次郎に飛び付いた。

その体を抱え上げて抱きしめると、琴江は弥次郎の胸に顔を埋めておんおんと泣きだした。弥次郎は体を震わせて泣く琴江を、何も言わず強く抱きしめていた。

三郎太は血に染まった父の顔を見て驚愕に目を剝き、その場につっ立ったが、大事ない、敵の返り血だ、と霜月が言ってこわばった顔をくずすと、そばに走り寄り、霜月の腰に手をまわして脇腹のあたりに顔をくっ付けた。三郎太の方は泣かなかったが、霜月がその肩に手を乗せ、

「よく辛抱したな」

と、声をかけると、身を震わせてクックッと喉を鳴らした。込み上げてきた嗚咽に耐えているらしい。

そっと、背後に歩を寄せてきた咲が、霜月の肩口の傷を目にとめ、

「霜月どの、止血いたしましょう」

と、小声で言った。

4

「敵だ！　こっちだ」

と叫び声が飛び、庭に散らばっていた諸井派の藩士たちが集まってきた。

六人いる。走りざま、唐十郎は集まった敵のなかに異様な巨漢がいるのを目にとめた。あやつが土門であろう、と察知し、唐十郎はその男の方にむかった。風間、赤岩、佐久間の三人が後につづく。助造だけはすこし遅れ、庭の植え込みをまわり込むようにして走り寄った。

助造は、唐十郎から、敵の集団のなかに斬り込むな、左手の端にいるひとりだけを狙え、と指示されていたのだ。

「土門か」

唐十郎が声をかけた。

弥次郎から土門のことを聞き、土門はおれが斃《たお》す、と腹を決めていた。助造や霜月の同志では、歯が立たぬだろうと踏んでいたのである。

オオッ、と吠え声を上げ、土門が唐十郎の前に迫ってきた。六尺の余はある。聞きしに勝る大男だった。目鼻が異常に大きく顎骨の張った怪異な風貌の主である。

「うぬが、狩谷唐十郎か」

土門が低い声で質《ただ》した。

口元にうす嗤《わら》いが浮いていたが、底びかりのする両眼は唐十郎を射るように見すえていた。その身辺に、殺戮《さつりく》のなかで生きてきた男らしい獰猛《どうもう》な獣のような雰囲気がただよっている。

土門が唐十郎と対峙すると、残りの五人はばらばらと走り、風間たち三人を包囲するように動いた。

風間たちは抜刀すると、背を向け合って立った。助造は敵の左端にいるひとりに足音を忍ばせて近寄って行く。

「小宮山流居合、狩谷唐十郎。他人《ひと》は野晒《のざらし》とも呼ぶ」

唐十郎は祐広の柄に右手を添えた。

「鬼眼流、土門万兵衛。おれは鬼土門《おにどもん》と呼ばれている」

土門は抑揚のない声で言って、抜刀した。身幅の広い剛刀である。刀身も、三尺の余はありそうだった。

構えは青眼。大樹のようなどっしりとした大きな構えで、唐十郎は前方に黒い小山が立ちふさがったような威圧を感じた。

……なかなかの腕だ。

尋常な遣い手ではない。

唐十郎は居合腰に沈めながら、全身に気魄を込めて抜刀の気配を見せた。だが、土門はすこしも動じなかった。

唐十郎の喉元につけた土門の切っ先が小刻みに動いている。昆虫の触手のような微妙な動きである。牽制でも、心の昂《たかぶ》りのためでもなかった。土門の研ぎ澄まされた神経が、唐十郎のわずかな気の動きに反応しようとしているのだ。

……この男は容易に斬れぬ。

と、唐十郎は察知した。どんなに迅く抜いても、抜き付けの一刀で致命傷となるような深手を与えることはできない。そして、手負いながらも土門は唐十郎を両断するような剛剣をふるってくるであろう。

……鬼哭の剣を遣うしかない。

唐十郎は腹を決めた。

小宮山流居合の必殺剣である鬼哭の剣は、遠間から飛び込みざま抜き付け、切っ先で敵の首筋を狙う。この一刀は、通常の斬り込みより二尺ほども前に伸び、撥ねるように首の血管《ちくだ》を斬るのである。

片手打ちは、五寸の利ありといわれている。右手一本の斬撃は両手より刀身が前に伸びるからである。鬼哭の剣は、肘だけでなく上体も前に伸びる。剣、腕、上体が一直線となって槍のように首筋へ伸びるのである。

首の血管を斬るため、血がヒュウヒュウと物悲しい音をたてて噴出する。その音がさながら荒野を吹き抜ける風のように、鬼哭啾々《しゅうしゅう》と聞こえることからその名が付いていた。

唐十郎は遠間にとったまま気を静め、抜刀の機をうかがった。

足裏をするようにして、土門はジリジリと間をつめてくる。

土門の右足の爪先が鬼哭の剣を放つ間に入ったが、唐十郎は抜刀の機がとらえられなかった。どっしりとした土門の青眼の構えに、まったく隙がなかったのである。

それでも唐十郎は全身に気勢をみなぎらせ、抜くぞ、という気配を見せて土門を威圧した。唐十郎の気魄に、ハタと土門の足がとまった。ふたりは、気で攻めあいながら動きをとめた。ふたりの放つ剣気が、磁場のように辺りをおおっている。

時が流れた。ふたりは微動だにしなかった。小半刻（三十分）も経ったように感じたが、ほんの数瞬であったかもしれない。

そのとき、唐十郎の脇で絶叫が起こり、人が地面に転倒する激しい音がした。その音に誘発されたように、土門の右足がグイと間境を越えた。

刹那、ふたりの間を稲妻のような剣気が疾《はし》った。

タアッ！

トオッ！

土門の巨軀が躍り、刀身が半弧を描いた。間髪をいれず、唐十郎の体が前に飛び、切っ先が槍の刺撃のように前に伸びる。

一瞬一合の勝負だった。

土門の切っ先が、唐十郎の鼻先をかすめて空を切り、唐十郎の切っ先は槍のように伸びて土門の首筋をとらえた。

土門の太い首から、火花のように血が飛び散った。土門は憤怒の形相のまま動きをとめて、その場につっ立った。その首筋から、血が物悲しい音をたてて噴き上がっている。

一瞬、土門の顔が割れたようにくずれ、

「お、おのれ……」

とひき攣《つ》ったような声を出し、手にした刀を振り上げようとした。

が、巨軀がぐらっと揺れ、数歩たたらを踏むようによろけて片膝を地面についた。なおも、土門は立ち上がって刀をふるおうとしたが、そのまま前につっ伏すように倒れた。その首から噴出した血が地面を穿《うが》つようにしゅるしゅると音をたてていたが、土門の巨軀からは呻き声も洩れなかった。

唐十郎が土門と対峙していたとき、助造は風間たち三人をかこった敵勢のひとりに、左手から近付いていた。

全身がわなわなと震え、顔はひき攣っていた。異常な気の昂りで、歩いている足の感覚さえはっきりしなかった。

それでも助造は臆してはいなかった。爛々《らんらん》と目をひからせ歯を剝き、食いつきそうな顔をして痩身の男の左脇へ歩み寄って行く。

……敵の左脇から踏み込め、物打《ものうち》で敵の背中を斬れ。

助造は、唐十郎に教えられたことを頭のなかで反芻《はんすう》した。左脇からの斬撃はもっとも受けにくいことを助造も知っていた。

痩身の男は風間に切っ先をむけていたが、近寄って来た助造の姿に気付くと慌てて体の向きを変えようとした。

ワアァッ、という絶叫のような声を上げて、助造が突進した。ふいに襲ってきた助造に、痩身の男は仰天し身をのけ反らせた。

助造は闇雲に抜き上げた。背中を斬るつもりで踏み込み斬り落としたが、やはり浅く、切っ先が痩身の男の顔を縦に裂いた。一瞬、男の顔が割れたように歪み、左眼から顎にかけてざっくりと肉が開いた。

ギャッ！　という絶叫を上げて、男は顔を左手で押さえた。その指の間から血が噴き出し、見る間に顔面が真っ赤に染まった。

唐突の仕掛けが凄まじい一太刀を生んだ。

助造は己の斬撃に逆上した。

悲鳴のような声を上げながら無我夢中で刀をふるった。居合の動きではなかった。棒切れで殴りかかるような斬撃である。

その斬撃で、顔を押さえた男の左手が截断《せつだん》されて地面に落ち、肩口がざっくりと割れた。血まみれになった男は這うように助造から逃れたが、つつじの植え込みのなかに頭をつっ込むような格好で倒れ、動かなくなった。

さらに、助造は逃げる男の後ろから追ったが、動かなくなったのを見て、その場につっ立ったままゼイゼイと喉を鳴らした。

この助造の唐突な斬り込みがきっかけになり、風間たち三人と諸井派の家臣たちの間でも斬り合いが始まった。気合、絶叫、怒号、剣戟《けんげき》の音、地を踏む音などが夜陰にひびき、男たちが激しく交差した。

だが、その戦いから少し離れたところに立っていた助造は呆然として、いっとき荒い息を吐きながらつっ立っていただけである。

戦いはそう長くつづかなかった。土門を斃した唐十郎がくわわり、ひとりを斬ると、残る敵はひとりになった。そのひとりを風間が斬ると、辺りは急に静かになった。血の濃臭のただようなかに、生き残った者の荒い息の音が聞こえるだけである。

「助造、しっかりしろ」

唐十郎が声をかけた。

「は、はい……」

助造は、返り血を浴び顔をどす黒く染めて、目ばかりギョロギョロさせていた。

「ひとり、仕留めたではないか」

唐十郎が助造の足元に倒れている男に目をとめて言った。その死骸の様子から、唐十郎は助造と男の斬り合いがどんなものであったか想像できた。

「き、斬りました」

「斬り合いは、こんなものだ……」

唐十郎はつぶやくような声で言った。

いっとき待つと、弥次郎と霜月がふたりの子供を連れてもどってきた。そばに咲はいたが、相良の姿はなかった。すでに、屋敷内から姿を消したのであろう。

「若先生、かたじけない」

霜月は三郎太の肩に手をおいたまま頭を下げた。

「うまくいったな」

味方で斬られたのは、佐久間だけだった。霜月と赤岩が手傷を負ったが、浅手である。土門以下八人の敵を斃し、目的どおりふたりの子供を救出することができた。上々の首尾である。

「お師匠、明るくなってきただ」

助造が東の空に顔をむけて言った。

空を仰ぐと、闇が薄れ黎明《れいめい》の兆しが見えた。脇に立っている助造を見ると、やっとこわばった顔がゆるみ、頰に赤みがさしてきていた。

5

かすかな花の香りをふくんだ春らしいやわらかな細風《そよかぜ》が吹いていた。板塀の前に細い桜の木があり、いっぱいに花をつけている。若木のせいなのか、花にも勢いがある。燃えるように咲きほこり、そこだけが明るくなったように華やかだった。

唐十郎と弥次郎は相生町の霜月の住む酒屋だった家にいた。ふたりは縁先の座敷に腰を落とし、お雪《ゆき》という娘の運んできた茶を飲んでいた。

お雪はお菊の方に仕えていた奥女中のひとりで、英丸君といっしょにこの家に来て身のまわりの世話をしているという。

唐十郎たちが、小石川の抱え屋敷を襲撃して七日経っていた。いま、あまり広くない仕舞屋には三郎太と英丸君が住み、さらに霜月、お雪、下働きの者、下女などがいた。

だが、屋敷内はひっそりとしていた。ときおり、英丸君らしい男の子や女のちいさな声が聞こえてくるだけである。

抱え屋敷を襲撃した後、柴垣たち諸井派の家臣に目立った動きはなかったが、昨夜、風間が松永町の道場にあらわれ、

「おりいって、相談がござる。明朝、相生町までご足労いただくわけにはまいらぬか」

と、困惑した顔で言った。

唐十郎は承知し、さっそく来てみると、弥次郎も呼ばれていて家のなかで顔を合わせたのだ。

「お待たせいたし、申しわけござらぬ」

霜月が姿を見せた。何かあったらしく、屈託のある顔をしていた。

「何かあったのか」

霜月が座ったのを見て、弥次郎が訊いた。

「どうやら、この隠れ家に英丸君がいるのを、柴垣たちが気付いたようでございます」

霜月が言った。

一昨日、諸井派の家臣と思われる者が、通りの物陰から見張っているのを目撃し、さら

に上屋敷にいる柴垣たちの動きがあわただしくなったという。

「ここに、長く隠してはおけまい」

唐十郎は、むしろいままで柴垣たちがここに気付かなかったことの方が不思議に思えた。おそらく、英丸君と思い込んだ三郎太を監禁し守刀の袖の雪も手にしたので、これでじゅうぶんと安堵し、霜月の身辺を探ることがおろそかになっていたのであろう。

「このまま殿の出府まで、諸井派が座視しているとは思えませぬ」

「そうだろうな」

袖の雪だけで、藩主と英丸君の対面を完全に阻止できるとは思わないだろう。

「こたびの参勤に対し、英丸君を嗣子とすることを強く主張されている田島さまも同行されることになりました。……諸井派はよけい危機感をいだいているはず、殿の出府までにかならず何か仕掛けてくるはずでございます」

「それで」

「まず、諸井派が考えることは、この家を襲い英丸君を連れ去ることではないでしょうか。場合によっては、お命を奪うことも念頭にあるかもしれませぬ」

「……」

英丸君の監禁に一度失敗している柴垣たちは、今度は初めから英丸君の命を狙ってくるのではないか、と唐十郎も推測した。

「われらも、ここで英丸君をお守りするのは上策ではないと判断しました」

そう言って、霜月はちらっと背後の奥座敷の方に目をやった。英丸君が気になるようである。あるいは、英丸君と何か話していて姿を見せるのが遅れたのかもしれない。

「どうする気だ」

「英丸君とともに、江戸を出ます」

「どこへ行く気だ」

「旅へ出ます」

「旅だと」

思わず、唐十郎が聞き返した。

「江戸で殿の到着を待たず、こちらから出立して道中の殿に面会するのです」

「それは危険だ」

旅の途中なら英丸君を襲う機会はいくらでもある、よほどの護衛が同行せねば守りきれない、と唐十郎は思った。

「いえ、柴垣たちにそう見せ、実際は板橋《いたばし》宿か、道中の最後の宿泊地である蕨《わらび》宿かでお会いするのです」

霜月の話によると、すでに領地の雪も溶け、そろそろ参勤に出立する時期だという。

垂江藩は甲斐だが、参勤に甲州街道は使わなかった。理由は、途中小仏《こぼとけ》峠、笹子《ささご》峠などの難所があり、しかも他の街道と比べて道の整備がじゅうぶんでなかったことなどによる。事実、参勤交代で甲州街道を利用するのは信濃《しなの》の高遠《たかとお》藩など、ごくわずかな大名に限られていた。

垂江藩は、中山道の下諏訪《しもすわ》宿にちかいこともあって、参勤交代には中山道を使っているという。

「ここを出て、どこかにひそんでいるのか」

「はい」

「どこに」

「甲州街道でございます。府中《ふちゅう》の宿に柏《かしわ》屋という旅籠《はたご》があり、そこのあるじの茂兵衛《もへえ》と懇意にしております。……事情を話し、柏屋に逗留するのです」

参勤交代は中山道だが、藩士の出府や帰国のおりなどは甲州街道を使うこともあり、柏屋は田島派の重臣のひとりがよく使い、茂兵衛と昵懇《じっこん》の間柄だという。

「それは、上策だぞ」

弥次郎が言った。

国許の参勤に合わせて英丸君が江戸から出立すれば、諸井派は道中で藩主と面会するためと考え、英丸君は中山道を国許にむかうと読むはずである。その読みとは逆に、まったく参勤とかかわりのない甲州街道へむかい、宿場に身をひそめているというのだ。唐十郎も、妙計だと思った。

「それで、われらの役どころは」

唐十郎が訊いた。

まさか、その計画を伝えるためだけに呼んだとは思えない。

「若先生と本間どのには、若君と同行して、その身を守っていただきたい」

霜月は唐十郎を直視して言った。

そんなことだろう、と唐十郎は思ったが、すぐには返事をしなかった。思案するように黙っていると、霜月がさらに言葉をつづけた。

「敵の目を欺くため、大勢で若君をお守りすることはかないませぬ。おふたりと拙者だけでござる」

「……………」

その方がいいだろう、と唐十郎は思った。この策は敵に気付かれぬことが肝心だった。何人も家臣に護衛させたのでは、旅籠での潜伏は無理である。

「お力添え願えませぬか」

霜月は訴えるような目をして言った。

「ひとつ訊きたいことがある」

唐十郎が言った。

「何でござろう」

「袖の雪だ。敵の手にあるままだが、なくとも父子の面会はかなうのか」

「そのことでござる。先日、お話ししたとおり、若先生にお渡ししてある長船の鍛冶が鍛えた小脇差を持参し、殿にお見せする所存でござる。そのおり、若先生からも口添えいただきたいのです」

霜月が苦渋の表情で言った。

「そういうことか」

唐十郎を同行したい理由は、英丸君の護衛のほかに試刀家として持参した刀が袖の雪であることを口添えさせることにあるようだ。

「だが、この小脇差を袖の雪と言うわけにはいかぬぞ」

いかに、霜月の頼みでも虚言は吐けぬ、と唐十郎は思った。

「いえ、殿が疑念をいだいた場合、長船の鍛冶の作刀であることを明言していただくだけでよいのです」

「それなれば」

「では、若君と同行していただけますか」

「いいだろう、乗りかかった船だ」

そう言って、唐十郎が弥次郎の方を振り反ると、弥次郎は黙ってうなずいた。

6

出立は翌日の払暁《ふつぎょう》前だった。諸井派の見張りが姿を見せる前に家を出るため、霜月と英丸君は夜の明けぬうちに旅立った。途中、唐十郎と弥次郎は、甲州街道の第一の宿場である内藤新宿《ないとうしんじゅく》の大宗寺《たいそうじ》で会うことにしてあった。

内藤新宿の名はこの地に信州高遠藩主内藤家の下屋敷があったことによるが、大宗寺はこの内藤家の菩提寺《ぼだいじ》で、街道沿いにあった。

三郎太は、唐十郎たちが仕舞屋で霜月と顔を合わせたその日のうちに、弥次郎の家に引き取られた。

当初、霜月はお菊の方のいる綾瀬家で再度面倒を見てもらうと言ったが、

「それでは、三郎太の肩身がせまかろう。琴江も喜ぶだろうし、家《うち》に来るといい」

と弥次郎が言い出した。

「いや、もしものことがあって、お内義や琴江どのに迷惑がかかってはならぬ」

そう言って、霜月は固辞したが、

「すでに、三郎太の顔は諸井派に知れている。いまさら、三郎太に手を出すようなことはあるまい」

と重ねて弥次郎が言うと、霜月も同意したのである。

また、お雪はお菊の方の許へ返し、下女や下働きの者などは近くの口入れ屋に別の奉公先を斡旋《あっせん》してくれるよう頼んだ。その際、霜月は口止めしなかった。当然、諸井派の者たちは、奉公していた者たちから英丸君と霜月が旅に出たことを知るだろう。だが、行き先は知らせていなかったので、諸井派の者たちは中山道を国許にむかったと読むはずだった。それが、霜月たちの狙いでもあった。

唐十郎と弥次郎は松永町の道場で待ち合わせ、払暁のうちに出立した。

ふたりとも、裁着袴《たっつけ》に草鞋履きだったが、菅笠や合羽は手にしていなかった。旅といっても内藤新宿までで、旅装までの支度はいらなかったのである。

四谷《よつや》の大木戸を出るころには、だいぶ陽が高くなり、旅人や見送りにきた人、駕籠、駄馬を引く馬子などで賑わい街道は靄《もや》のような砂埃がたっていた。

大宗寺は大木戸から二町（一町は約一〇九メートル）ほどのところにあり、その山門の前《うち》で霜月と英丸君が待っていた。ふたりは旅装束に身をかためていた。脚半《きゃはん》に草鞋履きで打飼《がい》を背負い、道中合羽や菅笠までも持参している。そうした身装《みなり》は、後に残してきた下女や下働きの者などに遠方への旅立ちを印象付けるためでもある。

「待たせたかな」

唐十郎が声をかけると、霜月は、われらもさきほど着いたばかりです、と言って、かたわらの英丸君を紹介した。ただ、藩主と面会するまでは霜月の子の三郎太を名乗ることにしてあり、英丸君として接するのはいまだけである。

英丸君は無言で頭を下げただけだったが、年格好といい色白で利発そうな感じといい、三郎太にそっくりだった。

……なるほど、よく似ている。

これならば、近侍でなければまちがうかもしれぬ、と唐十郎は思った。

内藤新宿はたいへんな賑わいを見せていた。ここは東海道の品川《しながわ》宿と同様、大勢の飯盛り女が許され江戸に近いこともあって、宿場としてより遊里として知られていた。街道沿いには、茶屋や旅籠が軒を連ね、大勢の旅人や遊女めあての男たちが行き交っていた。荷駄を運ぶ人足が荒っぽい声を上げ、留め女が遊び人らしい男の袖を引き、駕籠かきが女連れの旅人に駕籠をすすめている。

「柏屋はちかいのか」

唐十郎が歩きながら訊いた。

「追分《おいわけ》のちかくですから、もうすぐです」

甲州街道は、追分で青梅《おうめ》街道と分岐する。左手にまがれば甲州街道で、まっすぐ進めば青梅街道となる。

柏屋は追分から甲州街道へ入り、一町ほど歩いた右手にあった。宿場のはずれだったが、二階建てで内藤新宿のなかでも大きな旅籠のひとつだった。

あるじの茂兵衛は五十がらみ、頬のふっくらした赤ら顔の男で愛想よく霜月たちを迎えた。

四人でしばらく逗留したい旨を伝えると怪訝《けげん》な顔をしたが、霜月が前金として相応の金を渡し、事情があって国許からの使者をここで待つことになっていると話すと、それ以上詮索をせずに二階の隅の座敷に案内してくれた。

四人で一座敷だった。少し狭かったが男だけだったので、何とか過ごせそうである。英丸君も相生町の狭い仕舞屋で霜月たちと暮らしていたので、四人一部屋で過ごすことにもそれほどの抵抗はなさそうだった。

内藤新宿にひそんで五日目、虚無僧《こむそう》に変装した風間が柏屋をおとずれた。すぐに、二階の座敷に姿をみせ、まず、藩主の正幸が参勤のため国許を出立した報らせが上屋敷にとどいたことを伝えた。

「道中何事もなければ、途中八泊いたします。参勤の一行は、あと四日ほどで江戸に到着する勘定になるかと存じます」

風間によると、使者は参勤の出立の予定より五日早く発ち、同じように八泊して昨日江戸に着いたという。となれば、使者より五日後に参勤の一行も江戸へ着くことになる。

「道中最後の宿泊地である蕨宿には、三日後ということになるな」

唐十郎が訊いた。

「旅程ではそうなります」

「前日のうちには、蕨宿へ入っていたいと存じます」

霜月が言った。

「そうなると、明後日の朝にはここを発たねばならぬな」

内藤新宿から日本橋までおよそ二里（一里は約四キロ）、日本橋から中山道の蕨宿までは四里余ある。合わせて六里余の道程である。

「ところで、諸井派の動きはどうだ」

霜月がひと膝進めて訊いた。

「われらの予想どおり、相生町の仕舞屋に同居していた者たちから、旅立ったのを聞き込んだらしい」

「それで」

「中山道へ追っ手がむかった」

「人数は」

「七人。柴垣と市子もくわわっている」

「すると、江戸は手薄だな」

霜月の顔に安堵の色が浮いた。狙いどおり、ことが運んでいると思ったらしい。

風間は、様子が変わったら報らせに来るが、明後日にはここを発つつもりでいてくれ、と言い置いて帰っていった。

7

その日の夜、霜月はひどく顔をこわばらせて、唐十郎と弥次郎の前に座った。そして、両手を畳に付くと深々と頭を下げ、

「若先生と本間どのに、詫びねばならぬことがございます」

と、絞り出すような声で言った。

「どうしたのだ、あらたまって」

弥次郎が戸惑ったような顔で訊いた。

「まず、見ていただく物がございます。若先生、お預けしておいた小脇差、お渡ししていただけませぬか」

霜月にそう言われ、

「これか」

唐十郎は、腰に差したままの小脇差を鞘ごと抜いて霜月に渡した。

霜月は手にした小脇差を抜くと、立てた鞘の鯉口に刃を当て、手で峰の上から強く刀身

をたいた。

するど、小さな音をたてて鞘が縦に割れてふたつになった。そして、なかから細長くたたんだ油紙が出てきた。

油紙をひらくと、さらになかに折りたたんだ紙片が入っていた。

「まずは、これを御覧くだされ」

霜月は紙片をひらいて唐十郎に手渡した。

――守刀《まもりがたな》ならびに余の子の証《あかし》とし長光の脇差を与う。

と記され、土屋出雲守正幸の名と花押《かおう》が押してあった。

……そうだったのか！

唐十郎は、袖の雪がその刀身より長い粗末な鞘に入っていた理由が分かった。小刀と見せると同時に、鞘尻の部分に証文を詰めておくためだったのだ。

そして、袖の雪を諸井派に渡した後も、唐十郎に別の小脇差を渡し執拗に所持を頼んだのも、ひとえにこの鞘を守るためだったのである。

「これは、殿がお菊の方さまに袖の雪を下賜《かし》なされたとき、御自ら筆をとってしたためられ、手渡されたものだそうでございます。……殿に袖の雪をお見せせずとも、この直筆の証文を御覧になれば、お疑いにはならぬはずでございます」

「……」

この証文があったからこそ、霜月は袖の雪が諸井派に奪われても、それほど動じなかったのだ。

あるいは、この証文の存在を秘匿するために、霜月は袖の雪が英丸君と藩主の面会に必要であることを誇張し、刀身そのものは渡してもかまわないと初めから計画していたのではないだろうか。

……霜月も、なかなかの策士だ。

と、唐十郎は思った。

「それで、この証文のことは諸井派も知っているのか」

「いえ、この証文のことを知っているのは、お菊の方さまと当時そばにお仕えしていたわずかな者だけでござる。まだ、諸井派もつかんではおりませぬ」

「そうか」

唐十郎の顔に、苦笑いが浮いた。知らずに、大事な証文を腰に差して歩いていた自分が滑稽に思えた。

「若先生、本間どの、お許しくだされ。敵を欺《あざむ》くには、まず味方からと思い、いままで秘しておりました」

霜月はそう言って、畳に額がつくほど低頭した。

「それにしても、見事な隠し場所だ。まさか、このような粗末な鞘に大事な証文が入っていようなどと、だれも思うまい」

唐十郎がそう言うと、脇に座っていた弥次郎も、一本とられたようだな、と言って苦笑いを浮かべた。


その夜遅く、唐十郎は雨戸に小石の当たるような音を聞いた。すこし間を置いて、三つ音がした。咲である。そばに寝ていた弥次郎も気付いたらしく身を起こしたが、咲からだ、と耳元で伝えると、弥次郎は黙ってうなずいて身を横たえた。

外に出ると、柏屋の軒下の闇のなかに咲が立っていた。覆面はしていなかったが、忍び装束である。

「動きがあったか」

唐十郎が訊いた。

松永町の道場を出立する前に咲と会って、垂江藩に何か動きがあったら伝えてくれと頼み、柏屋に滞在することを知らせてあったのだ。

「柴垣以下七名が江戸を発ち、中山道を国許にむかいました」

「そうらしいな」

唐十郎は風間が来て伝えたことを話した。

「その後、柴垣たちは江戸にもどっておりませぬ。参勤の行列にくわわり、英丸君があらわれるのを待っているのではないでしょうか」

咲は抑揚のない声で言った。伊賀者のひとりとして私情を殺しているのだ。

その咲の話によると、中山道を国許にむかった柴垣たちは、何日か前に参勤交代の行列に出会っているはずだという。当然のことながら途中英丸君とは会わなかったし、藩主の出雲守と面会していないことも知ったであろう。そうすれば、英丸君が中山道を国許にむかったのは偽装だと気付くはずだというのだ。

「そうであろうな」

唐十郎が言った。

「お頭も、柴垣たちの動きを探るため江戸を出ました」

「そうか」

どうやら相良も、咲と同じ読みをしているようだ。

「唐十郎さま、ご油断なきよう」

咲がそう言って唐十郎を見つめたとき、その顔に不安の翳《かげ》がよぎった。唐十郎のことを心配しているのである。

だが、その表情も一瞬で、すぐに伊賀者らしい無表情な顔にもどると、柴垣たちが、どこにいるか探ってみます、と言い置いて、きびすを返した。

すぐに咲の忍び装束は軒下の漆黒の闇に消え、かすかな風音が唐十郎の耳に残っただけである。

翌日の夕方、虚無僧姿の風間がふたたび柏屋にあらわれ、殿のご一行は予定どおり明後日の夕刻、蕨宿へ入られるようだ、と告げた。

「よし、われらは明朝ここを出て蕨宿にむかうぞ」

意気込んで、霜月が言った。

「柴垣たちは、江戸にもどっていないのか」

唐十郎が念を押すように訊いた。

「まだ、江戸にもどってはおりませぬ」

「やはりそうか」

唐十郎は、咲の言ったとおり柴垣たち七人が参勤交代の行列にくわわっているにちがいないと読んだ。

「出雲守さまとの面会は容易ではないぞ」

唐十郎は、蕨宿で面会する前に一波乱ありそうだと思った。

第六章　おぼろ返し

1

東の空が茜色《あかね》に染まり、上空の闇もうすれて青みが増してきていた。夜明けもまぢかだが、まだ柏屋の軒下は濃い闇がつつんでいた。その闇のなかに旅人の黒い影が、いくつも動いていた。甲州方面へむかって旅立つ者たちである。

この時代の旅人の出立は早い。明るいうちに少しでも道程を稼ごうと、払暁《ふつぎょう》には出立するのである。

唐十郎たち四人もその旅人のなかにいた。

「参りましょうか」

霜月はかたわらに眠そうな目をして立っている英丸君に声をかけた。

英丸君は倅の三郎太ということになっていたが、どうしても丁寧な言葉遣いになってしまうようだ。

英丸君は、ちいさくうなずき自分から歩きだした。脆弱な感じはするが、若君として育てられたにしては足も丈夫だった。

柏屋を出た唐十郎たちは、多くの旅人とは逆に日本橋の方へむかった。朝の早い宿場は動きだしていて、旅人以外に荷を運ぶ人夫や駕籠かき、馬子なども行き来していた。内藤新宿を出るところで、霜月が英丸君のために駕籠を頼んだ。英丸君の足のこともあったが、これから日本橋、本郷と歩く道中で諸井派の者に見咎《とが》められるのを恐れたのである。霜月も笠をかぶって顔を隠していた。

一行四人は、内藤新宿から日本橋まで一気に歩いて中山道へ入った。神田川にかかる昌平《しょうへい》橋を渡り湯島に入ったところで、柏屋で用意してもらった弁当を使った。

神田川縁の柳は新緑につつまれ、陽春のなかで燃えるようにかがやいていた。これからの血生臭い戦いなど忘れさせるような、心地好い陽気である。

「若さま、お疲れではございませぬか」

霜月は言葉をあらためて訊いた。

「疲れてはおらぬ。……それより、父上は会ってくださるだろうか」

英丸君は細い眉を寄せて、不安そうな顔をした。子供ながらに藩主との面会がただの父子の対面ではなく、自分にとっても藩にとっても重大な意味を持っていることを知っているのである。

「ご案じなされるな。殿はこころよくお会いになられるはずでございます。それに、ごいっしょしているおふたりは剣の達人、若さまのご面会を阻止しようとする慮外者たちがあらわれれば、成敗してくれるはずでございます」

そう言って、霜月が少し離れた路傍の石に腰を落としている唐十郎と弥次郎に目をむけると、

「頼むぞ」

英丸君が小声で言って、ちいさくうなずいた。

一行四人は昼餉《ひるげ》を終えると、英丸君だけ待たせておいた駕籠に乗せて、ふたたび歩きだした。


その日の朝、柴垣甚内と市子畝三郎は蕨宿のはずれの旅籠屋にいた。参勤の行列にくわわらず、先まわりして蕨宿に泊まったのである。

柴垣は、英丸君がどこにひそんでいるにせよ、参勤の途中で藩主との面会を果たそうとするなら最後の宿泊地の蕨宿であろうと踏んでいた。

朝餉を終えた柴垣は、かたわらで茶を飲んでいる市子に、

「この宿場に英丸君が来ると思うか」

と訊いた。

「来るな。参勤の一行には田島がくわわっている。それに、殿の側近として随行しているわれらの仲間はすくない。田島派にとっては上屋敷に入ってからより、はるかに面会しや

すいはずだ」

市子は抑揚のない声で言った。土気色で生気のない顔は物憂そうで、表情もほとんど動かない。ただ、底びかりのする細い双眸だけは、剣客らしい鋭いひかりをたたえていた。

「だが、袖の雪はわれらの手にあるぞ」

「田島なら何とでも言いつくろう。殿が英丸君に会われ、その顔にお菊の方さまの面影でも見れば、わが子と認知されるのではないかな」

「うむ……」

柴垣はむずかしい顔をして視線を落とした。

「英丸君と霜月が江戸を出たのはまちがいないのだ。目的は殿との面会しかあるまい」

「たしかに」

柴垣が顔を上げた。

「英丸君はかならず姿をあらわす」

「分かった」

「ここで討つか、それとも宿場を出て仕掛けるかだ」

市子がすこし語気を強くした。

「おぬしの考えは」

「出た方がいいな。宿場で騒ぎを起こせば、家臣が駆け付けてこよう。それに、うまく討ち取ったとしても、われらが手をくだしたことが殿の耳に入るかもしれぬ」

「もっともだ。場所は」

「戸田《とだ》の渡しだ。戸田川（現在の荒《あら》川）はかならず渡るし、河原は広く逃げ場がない」

「よし、そこにしよう」

柴垣はかたわらの刀をつかんで立ち上がった。

だが、市子は腰を落としたまま、英丸君に同行している者は、と柴垣を見上げて訊いた。

「家中の者は霜月しかおらぬが、狩谷と本間がいるはずだ」

「土門を斬ったのは狩谷だそうだな」

「そうらしい」

抱え屋敷にいた下働きの者が物陰から見ていて、その様子を柴垣に話したのである。

「手練だな。……狩谷はおれが斬ろう」

市子が刀をつかんで立ち上がった。

市子には剣客としての意地があった。同じ居合を遣う者として、自分の手で小宮山流居合の達人と雌雄を決してみたかったのである。

「承知した。われら七人、一気に英丸君を押し包んで身柄を確保する。手にあまれば斬ることになろう」

柴垣は市子の後につづきながら言った。すでに、柴垣は江戸にいる諸井派の重臣と謀《はか》り、英丸君を闇に葬ることも覚悟していたのである。

旅籠屋を出た柴垣は、ちかくの旅籠屋に分散して泊まっていた五人の仲間を集めた。旅人や宿場の者に不審を抱かれぬよう垂江藩士であることを隠し、別々の旅籠に泊まっていたのである。

一行七人は、蕨宿を出て戸田の渡し場にむかった。宿場を出ると視界が急にひらけ、街道の左右には田畑が広がっている。広大な平地のなかに野原や雑木林が点在し、遠方には秩父《ちちぶ》の山々が霞んだように見えていた。

そこは蕨村で、街道は広々とした平地のなかを縫うようにつづき、旅人や駄馬を引いた馬子などの姿が点々と見渡せた。

その街道の脇の叢《くさむら》に身をかがめて、街道に目をむけている人影があった。咲である。

咲は、街道を戸田の方へむかう七人の武士の姿を目にとめた。いずれも旅装束で笠をかぶっており、顔は見えなかったが、

……柴垣たちだ。

と咲は見てとった。

七人をやり過ごした後、咲は巧みに叢や雑木林のなかに身を隠しながら尾行した。

やがて七人は戸田村に入り、戸田川の川岸に出た。すぐ前が渡し場になっていて、川岸に葦簀《よしず》張りの船頭小屋が建っていた。渡し場には伝馬船や馬船《うまぶね》などが舫《もや》ってあり、竿を手にした船頭の姿も見える。

七人は渡し場には近付かず、周囲に目をくばっていたが、川岸に沿うようにつづいている松林のなかに入り、分散して樹陰や灌木の陰に身を隠した。

……唐十郎さまたちを襲う気だ！

と察知した咲は、ひそんでいた叢から離れた。まず、出雲守の周辺を見張っている相良に報らせようと思ったのである。

2

唐十郎たち四人は、中山道第一の宿場である板橋宿を八ツ（午後二時）ごろ発った。次の宿場である蕨宿まで二里十町。途中戸田川を渡るが、暗くなる前に着けそうである。

板橋宿は内藤新宿と同じように大勢の飯盛り女を許された宿場で、旅人や遊興に来た者たちで賑っていたが、宿場を出てしばらく歩くと、のどかな田園風景が広がり百姓家が目につくようになった。

晴天だった。足元の野辺で草花が咲き、土手地や街道脇などで遅咲きの八重桜がこんもりとした花叢(はなむら)を見せていた。春らしいやわらかな風のなかに、かすかな花の香りがただよっている。

だが、英丸君の駕籠に従う霜月には、のどかな春の街道を愛《め》でる余裕はなかった。

「あやしい者は、いないようです」

霜月は、街道の前後に目をくばりながら言った。

「柴垣たちが仕掛けてくるとしても、蕨宿に入ってからだろう」

このとき、唐十郎は柴垣たちは参勤の一行に随身し、蕨宿にむかっているころだろうと思っていた。

「戸田川が見えてきましたぞ」

弥次郎が言った。

見ると、川岸に沿って松林が長く伸び、その向こうに広大な河原がつづいていた。河原といっても、砂利や砂地はわずかで大部分は枯れ草と芽吹き始めた若草におおわれている。

その河原のなかほどに戸田川の川面が細い帯のように見えた。陽光を反射《はね》た川面は、長い刀身のように白く輝いていた。

葦簀張りの船頭小屋の前で、英丸君は駕籠を下りた。ひとり六文の船渡し賃を払い、唐十郎たち四人は、桟橋から伝馬船に乗り込んだ。

一緒に乗船したのは、行李《こうり》を背負った旅商人と白い笈摺《おいずり》を着た母娘《おやこ》らしいふたりの巡礼だった。とくに不審をいだかせるような者はいない。

ちかごろ雨がないせいか、戸田川の水は澄んで川幅も狭かった。英丸君はこのような渡し船に乗るのは初めてらしく目を輝かせて、舳先《へさき》の上げる水飛沫《しぶき》を見たり船縁から川床を覗《のぞ》き込んだりしていた。

間もなく船は戸田村の渡し場に着き、商人と二人連れの巡礼が下りてから唐十郎たちは下船した。

ごろ石と砂の入り交じった川岸を歩き、葦簀張りの船頭小屋の前を通ると、道は少し上り坂となり松林のなかへとつづいている。

「若、足元にお気をつけくだされ」

霜月はごろ石に足をとられて、歩きにくそうにしている英丸君の背後についていた。唐十郎が前に、弥次郎は霜月の後ろについている。

商人とふたりの巡礼が松林を抜けた後、唐十郎たち四人が林のなかにさしかかった。風に松の枝葉が揺れ、樹林の先には春の陽射しを浴びた広大な田畑が見えた。のどかな田園風景がひろがっている。

そのときふいに、ザザザッと笹を分けるような音がし、松林のなかの樹陰や灌木の陰から人影があらわれた。

「敵だ！」

唐十郎が声を上げた。

人影は四人、いずれも武士で唐十郎たちの前方をふさぐようにまわり込んで来た。それぞれ袴の股立を取り、襷で両袖をしぼっている。

「後ろからも、三人！」

弥次郎が叫んだ。

見ると、松林のなかから三人の武士が飛び出して来て、背後をふさぐように立った。

……しまった！

と、唐十郎は思った。

ここで待ち伏せされるとは思っていなかった。逃げ場のない地だった。七人の手練を相手に英丸君を守り抜くのはむずかしい。

「弥次郎、霜月、英丸君を守れ」

唐十郎の指示で、弥次郎と霜月は英丸君を背にして前後に立った。

……柴垣か。

前方から迫ってくる四人のなかのひとりに見覚えがあった。鼻梁の高い、頬の抉れた面長の顔。十数年前の記憶だが、道場に通っていた柴垣である。

……もうひとりは市子か。

柴垣と肩を並べて歩いてくる男の体軀にも見覚えがあった。中肉中背で異様に胸が厚く、首や腕が太い。そのときは覆面をしていたため顔は分からなかったが、神田川沿いで会った居合の遣い手、市子畝三郎である。のっぺりした顔で、蛇を思わせるような細い目をしていた。射るように唐十郎を見つめている。

「柴垣、何をする気だ！」

わきにいた霜月が、蒼ざめた顔で叫んだ。

「藩命により、国許を出奔した霜月竜之助と一子三郎太の命をいただく」

柴垣は血走った目で、霜月を睨みながら言った。

「な、何を言う、ここにおられるお方は英丸君だぞ」

「このような場所に、出奔したおぬしと若君がいっしょにいるはずはあるまい。かまわぬ、やれ！」

柴垣が声を上げると、唐十郎たちを取りかこんだ武士が抜刀した。

それぞれが相応の遣い手らしい。殺気立った目をしていたが、青眼や八相の構えに隙がなかった。市子のほかにふたり、刀の柄に右手を添えたまま抜刀の体勢をとっている者がいた。居合である。垂江藩の領内では田宮流居合が盛んだと聞いていたが、おそらく同流の者なのだろう。

「狩谷、うぬはおれが斬る」

市子が唐十郎の前に進み出た。射るような鋭い目で、唐十郎を見つめている。剣客の目である。すばやく柴垣と他の藩士は後ろに引き、英丸君の方へまわり込んだ。

……市子だけを相手にできぬ。

と、唐十郎は思った。

市子と立ち合っている間に他の六人に襲われたら、弥次郎と霜月では英丸君を守りきれぬだろう。

唐十郎は市子との立ち合いをさけて、英丸君の前で敵の攻撃を防ごうと思った。だが、唐十郎の前に立った市子が、柄に右手を添えたまますばやく間をせばめてきた。全身に気勢が満ち、痺れるような殺気を放射している。

……市子を斬らねば、動けぬ。

と察知した唐十郎が、祐広の柄に手をかけたときだった。

ふいに、ギャッ、という絶叫を上げて、英丸君の脇にまわり込もうとしたひとりの藩士がのけ反った。

同時に、パン、パン、パン、という銃声のような音が周囲の林のなかで起こり、硝煙が上がった。多勢がひそんでいるらしく、広範囲の笹や灌木が激しく揺れ動き、いくつもの黒い人影が慌ただしく交差した。

「敵だ！　兵勢がいるぞ」

柴垣が叫び、銃撃を避けるように身を伏せた。

ザザッ、という笹や灌木を踏み分けるような音がひびき、つづいて、パン、パンと銃声が鳴った。

近くの笹や叢《くさむら》に銃弾が飛来したような音がし、弥次郎の前にいたひとりが身をのけ反らせて倒れた。

「ひ、引け!」

柴垣が叫び、身をかがめながら後じさった。弥次郎と霜月に切っ先をむけていた他の藩士も慌てて、柴垣の後を追った。

だが、市子は動かなかった。いや、動けなかったのである。すでに、唐十郎との斬撃の間に入っていた市子は、

……引けぬ。

と感知した。

身を引けば、その一瞬をとらえ、唐十郎が抜き付けの一刀をふるってくることが分かっていた。

唐十郎もまた動けなかった。一瞬でも気をぬけば、市子の一撃が襲ってくると察知していたのである。

3

居合と居合――。

凍り付いたようにふたりは動かなかった。ときまでが流れをとめたように感じられた。対峙したふたりの周囲は、大気までが凝固したように静まり返っていた。弥次郎と霜月は息をとめ、ふたりの動きを見つめている。

どうしたことか、松林のなかで起こった銃声や多勢の動きまわるような音は急にやみ、柴垣たち四人の逃走を追うように散発的に銃声のような音が聞こえるだけだった。

遠間のまま市子は居合腰に沈め、抜刀の構えを見せていた。通常では遠いこの間から、抜き付ける気でいるようだ。

市子は死人を思わせるような土気色の肌をし、表情も動かさなかった。細い双眸だけが、蛙を狙う蛇のようにうすくひかっていた。その身辺から背筋を凍らせるような異様な殺気を放射している。

……おぼろ返しでこよう。

と、唐十郎は読んでいた。

抜き付けの一瞬の太刀筋は分かっていた。遠間から右小手を狙ってくるのである。だが、おぼろ返しは、それだけの剣ではないはずだった。何か特異な返し技を秘めているとみなければならない。

……鬼哭の剣を遣ってみる。

唐十郎は、遠間から鬼哭の剣を仕掛けてみるつもりだった。

市子の全身に気勢がみなぎり、その身構えに抜刀の気が満ちてきた。唐十郎も鋭い剣気を放ち、全身に抜刀の気配を込めた。

潮合だった。

チリ、と音がした。市子の趾《あしさき》が小石を踏んだのである。その音が、ふたりの間の緊縛を破った。

刹那、大気をつんざくような殺気が疾《はし》り、ふたりの体が飛鳥のように跳んだ。

ヤアッ！

タアッ！

短く、鋭いふたりの気合が同時にひびき、唐十郎は浅く飛び込みながら抜き付け、市子は上体を折るように前に倒しながら右小手を狙って抜き上げた。

稲妻のような二筋の閃光が大気を裂いた。

ふたりの体が接近したと見えた次の瞬間、ふたりは弾き合うように背後に跳んでいた。

疾風のような一瞬の動きだった。ふたりの体さばきも太刀筋も、見ている者の目にはとまらなかっただろう。

アッ、という声が唐十郎の口から洩れた。

左の腹部に疼痛《とうつう》があった。着物が裂け、血の線がはしっている。だが、それほどの深手ではなかった。あと一寸だった。一寸、市子の切っ先が伸びていたら唐十郎の腹は深く抉られていたであろう。

唐十郎は市子の右手への斬撃を避けるため、遠間から、しかも浅く跳んでいた。そのため、市子の切っ先は唐十郎の腹部を浅くとらえただけだったのだ。

……おぼろ返し！

唐十郎の全身に鳥肌がたった。

市子の太刀筋は見えなかったが、どのような剣であるかは察知できた。右小手を狙った切っ先が空を切った刹那、市子は刀身を返し跳ねるように逆袈裟に斬り上げたのだ。その二の太刀が迅い。まるで、一太刀のような迅さなのだ。

……こやつの体は、この剣の修行のためか。

唐十郎は市子の胸が厚く、腕が異様に太いのはこの斬り返しの太刀を迅くするために鍛えたものだと察知した。

「これが、おぼろ返しか」

唐十郎が訊いた。

ば、胴への返しも見えないのだ。身を低くして抜き付けるため、小手への太刀筋も見えなければ、胴への返しも見えないのだ。おぼろ返しの名にふさわしい秘剣である。おそらく、田宮流居合におぼろ返しという技はないだろう。市子の特異な体からみても、独自に工夫して身につけたにちがいない。

「いかにも」

市子はほとんど表情を動かさず乾いた声で答えた。その身辺には、気の昂《たかぶ》りも感じさせない静かな雰囲気がただよっていた。市子はおぼろ返しが敗れたとは思っていないのである。

間をとった市子はわずかに腰をひねって納刀し、ふたたび唐十郎に対峙した。唐十郎もまた一瞬のうちに刀身を鞘に納めていた。

……鬼哭の剣で、小手を斬る。

それしか胴への斬り返しをふせぐ手はない、と唐十郎は読んだ。

鬼哭の剣は敵の首筋を狙って、遠間から抜き付ける技である。だが、その極意は敵の太刀筋を読んで切っ先を見切り、空中で抜き付けるところにある。

唐十郎は遠間から短く跳んで、市子が小手を狙って抜き付けた瞬間をとらえ、その右手を斬ろうとしたのである。

「小宮山流居合、鬼哭の剣、まいる」

唐十郎は居合腰に沈めた。

市子も無言で抜刀の体勢をとる。ふたりは対峙したまま動きをとめた。だが、動きをとめていたのはわずかだった。お互いの手の内を知ったので、仕掛けは早かった。

市子が全身に気魄を込め、すぐに趾《あしさき》で地面を這うようにしてジリジリと間をつめてきた。おぼろ返しをさっきより近間《ちかま》で放とうとしているのである。

唐十郎はグッと腰を沈め、抜くぞ、という気配を見せた。その気配に、一瞬市子の動きがとまった。同時に、ふたりの間に稲妻のような剣気が疾《はし》った。

間髪をいれず、ふたりの鋭い気合がひびき、体が飛鳥のように跳ぶ。

一筋の閃光が上体を前に倒した市子の頭頂から疾り、一刹那遅れて、唐十郎の腰元からも閃光が疾った。

ふたりの刀身は触れ合わず、空を切っただけに見えた。だが、次の瞬間、ウッ、というわずかな呻き声をもらして、市子が背後へ大きく飛びすさった。

市子の右手首から血が噴いている。血管を斬ったらしく、見る間に右腕と袖口が真っ赤に染まった。

唐十郎の切っ先が市子の手首をとらえたのである。

抜き付けた市子の切っ先は唐十郎の右腕に伸びたが、遠間だったため空を切った。さらに胴へ二の太刀をふるおうと刀身を返した刹那、唐十郎の抜き付けの一刀がその手首を襲ったのだ。唐十郎は鬼哭の剣を、首筋ではなく手首を狙って放ったのである。

「お、おのれ！」

血の気のない市子の顔が夜叉《やしゃ》のようにゆがんだ。

平静だった市子の顔に、憤怒と恐怖の表情があらわれた。初めて真剣で敵と対峙した者のように両眼はつり上がり、全身が小刻みに震えている。

「おぼろ返し、敗れたり！」

唐十郎が声を上げた。

「まだ、勝負はついておらぬ！」

叫びざま、市子は青眼に構えた。その切っ先が笑うように震えている。

右手からの出血は激しく、幾筋もの赤い糸のようになって流れ落ちていた。手首の傷は深く、刀を支えているのは左手だけのようだ。

右手の膂力《りょりょく》を失った市子は居合を遣えなかった。市子はそのまま斬撃の間に踏み込むと、イヤアァッ！　と喉の裂けるような気合を発して、突いてきた。牽制も気攻めもない、捨て身の突きである。

唐十郎は右に跳んでこの突きをかわしざま刀身を横に払った。その切っ先が、踏み込んできた市子の喉元を鋭くえぐった。

前に走りざま、ガクッと市子の首が後ろにかしげ、開いた喉元から血が驟雨《しゅうう》のように飛び散った。市子は血を噴出させながらよたよたと歩き、なおも唐十郎に斬りかかろうと反転したが刀も構えられず、その場にくずれるように倒れた。

「若先生、お怪我は」

霜月が声をかけた。

凄絶な立ち合いに目を奪われていたが、我に返ったようだ。弥次郎も安堵の表情を浮かべてそばに歩を寄せてきた。英丸君だけは怯えたような目をして、その場に立ちすくんでいた。

「大事ない。かすり傷だ」

唐十郎の腹部の傷は浅く皮膚を裂いただけのもので、すでに血もとまっていた。

そのとき、松林の方から足音が聞こえ、樹間に人影があらわれた。咲と相良、それに相良の足元に猿の次郎がいた。

「柴垣たちは、逃げましたぞ」

相良は目を細めて言った。ふたりとも忍び装束だが、覆面はしていなかった。相良は伊賀者の頭とは思えない好々爺《こうこうや》のようなおだやかな顔をしていた。咲は表情のない顔で、唐十郎たちに一礼しただけである。

「そこもとたちの手勢だったのか」

霜月は、かたじけない、と言って、相良と咲に頭を下げた。すでに、小石川の抱え屋敷を襲撃したとき、咲とは会っていて相良や伊賀者のことは耳にしていたのだ。

「手勢はおりませぬ。われらふたりだけでござる」

相良が言った。

「ふたりだけで」

霜月は驚いたように聞き返した。

「猿と火薬を使った偽計でござる」

相良は口元にうすい笑いを浮かべただけで、それ以上は話さなかった。

唐十郎と弥次郎は何度かこの術で助けられたことがあったので、相良たちが何をしたかは知っていた。

百雷銃《ひゃくらいじゅう》と称するちいさな竹筒に仕込んだ爆竹に火をつけ、連続して銃声に似た音を発するのである。その間に、次郎が笹や灌木のなかを走りまわり、大勢の伏兵がいるように見せる。同時に、咲と相良も動きながら人影をちらつかせ、鉄礫《てっぶて》を投げて弾丸の飛来を思わせながら、手裏剣を投げてひとりかふたりの敵を斃すのだ。

「猿も、使いようによっては戦力になりますからな」

相良がそう言うと、次郎が歯を剝いてキイキイと笑うように喉を鳴らした、褒《ほ》められたのが、分かったのであろうか、顎を突き出すようにして胸を張った。

その次郎の顔を、目を剝いて英丸君が見ていた。どうやら、猿を見るのは初めてらしい。垂江藩八万石の将来を担う男子だが、まだ七歳の子供である。

4

その日の夕方、蕨宿に着いた唐十郎たちは、垂江藩主の宿泊する本陣にちかい旅籠屋に草鞋を脱いだ。咲と相良とは戸田川の岸で別れ、旅籠屋に泊まったのは唐十郎たち四人だけである。

藩主出雲守の宿泊先である本陣は、長尾源左衛門《ながおげんざえもん》という問屋と宿役人をかねた男の屋敷であった。まだ、垂江藩の行列は着いていないが、長尾家では屋敷の前や付近の道を清掃させるなどの準備を始めていた。

翌日、八ツ半（午後三時）ごろ、行列が到着し、出雲守をはじめとする側近や重臣は長尾邸に入り、収容しきれない家臣や小荷駄を運ぶ従者などは旅籠屋やちかくの寺院などに分散した。

霜月は一行が旅装をといたころを見計らって、長尾邸に出かけた。唐十郎たちが旅籠屋で、半刻（一時間）ほど待つと、霜月が恰幅《かっぷく》のいい初老の武士を連れてもどってきた。羽織袴姿で、腰に拵えのいい小脇差を差していた。身分のある武士らしく、なにげない挙措《きょそ》のなかにもどっしりとした落ち着きと威厳がただよっていた。

初老の武士は英丸君の前に座すと、

「若、ご難儀に遭われましたな。ですが、もうご懸念にはおよびませぬぞ。あとはこの庄《しよう》左衛門《ざえもん》におまかせくだされ」

と言葉をかけてから、唐十郎たちの方に膝をむけ、

「田島庄左衛門にござる。こたびのご助勢、かたじけのうござった」

丁寧な言葉をかけた。どうやら、霜月から今までの経緯は聞いているようである。

「これも、われらの生業《なりわい》、気にすることはない」

素っ気なく唐十郎は答えた。

「承知してござる。江戸に着いたおりに、あらためて相応の礼はするつもりでござる」

「……」

「お疲れのこととは存ずるが、これより殿の御前へ英丸君をお連れするので、ご同行願いたいが」

能吏《のうり》らしい目で、唐十郎を見ながら言った。

「よかろう」

唐十郎は祐広を持って立ち上がった。

同行といっても、唐十郎と弥次郎が出雲守に御目見得するわけではない。別室に控えていて、出雲守が守刀のことで何か疑念をいだいたとき、試刀家として、長光派の作刀と思

われます、と言上すればいいことになっていた。

それに、霜月や田島が唐十郎と弥次郎を本陣まで同行したい他の理由も知っていた。英丸君が出雲守との父子面会を果たすまでの護衛である。柴垣たち四人の藩士は姿を隠したままだし、本陣に宿泊している家臣のなかにも諸井派がいて、いつ命を狙ってくるか知れないという。室内でも咄嗟に対応できる唐十郎のような居合の達人をそばにおきたかったのである。

長尾邸は木戸門を備えた本陣にふさわしい大きい屋敷だった。門前には関札《せきふだ》が立てられ、定紋入りの幕が張られていた。

田島に連れられて唐十郎たち四人は門をくぐり、玄関にむかった。玄関脇には毛槍や他の槍が立ち並び、数人の警護の藩士が立っていた。

唐十郎は不意の襲撃にそなえて祐広の鯉口を切ったまま英丸君にしたがったが何事もなく、式台付きの玄関から屋敷内に入ることができた。辺りから荷を動かす音、女たちの声、慌ただしく廊下を歩く足音などが騒然と聞こえてきた。まだ、屋敷内には大名行列が到着した後の騒がしさと緊張が残っていた。

廊下を通り、唐十郎たちは奥の書院に通された。

「廊下をへだてた向かいが、殿のおられる上段の間でござる。しばし、お待ちくだされ」

田島はそう言い置くと、緊張した面持ちで座敷を出て行った。あらためて、出雲守の意向を確かめにいったのだろう。

霜月と英丸君は端座したまま顔をこわばらせて待っていた。

小半刻（三十分）ほど待つと、田島が肩衣《かたぎぬ》姿の壮年の武士とともに姿を見せた。ふたりの顔がほころんでいる。

「殿は、たいそう喜ばれ、すぐにもお会いなされるそうじゃ」

田島が言った。

同行したのは町田《まちだ》という側近で、田島の腹心のひとりだという。

「霜月、れいの証文は持っているのか」

と、田島が小声で訊いた。

「はい、これに」

霜月がふところから折り畳んだ奉書紙を取り出した。出雲守自筆の証文がつつんであるらしい。

「英丸君のお顔を見れば、そのような物は必要ないかもしれぬが、念のためにな」

そう言うと、英丸君の方に膝をむけ、

「若、いよいよご対面でござる。殿より何かお尋ねがあったら、ありのままにお答えなされよ。何も、ご心配にはおよびませぬぞ。殿はお心の広いお方でござる」

おだやかな声音でそう言った。

唐十郎と弥次郎は、書院に座したまま出て行く英丸君のちいさな後ろ姿を見送った。

あるいは、霜月が持参した小脇差の鍛刀者を訊くために声がかかるかと思ったが、部屋にあらわれたのは茶を運んできた長尾家の女中と思われる女だけだった。

それから、半刻（一時間）ほどして廊下を歩く足音がした。すぐに、襖があいて姿を見せたのは霜月だった。

「若先生、ご対面はうまくいきましたぞ。英丸君のお顔にお菊の方さまや先に亡くなられた元勝さまの面影をお認めになったのでございましょう。殿は英丸君の顔を見ただけで、すこしもお疑いをいだかず、お菊の方さまのお子でありご自身のお子であることをお認めになられました」

霜月は満面に喜色を浮かべて言った。

「証文は見せなかったのか」

唐十郎が訊いた。

「いえ、拙者が脇から差し出すと、殿は一目御覧になられ、確かに、余の証文じゃ、とおおせられただけで袖の雪のことも口にいたしませんでした」

「そうか。これで、おれの役目も終わったようだな」

「若先生と本間どののお力添えのお蔭です。これで、わが藩の騒動も収まりましょう。拙者も大任を果たすことができました」

霜月はあらためて唐十郎と弥次郎の前に手をつき、頭を下げた。

「それで、霜月、柴垣はどうした」

弥次郎が声をはさんだ。

「昨日から姿を見せていないようです」

「そうか」

弥次郎の顔が曇った。

「ですが、本間どの、ここまで来れば柴垣とてどうにもなりませぬ。英丸君は殿に同行され、明日には上屋敷に入ることになっております」

「……………」

弥次郎はちいさくうなずいたが、その顔には翳《かげ》が残っていた。弥次郎にしてみれば、姿をくらませた柴垣が、このまま江戸を去るとは思えなかったのであろう。

5

道場内には初夏を思わせるような薫風《くんぷう》が流れ込んでいた。四月初旬である。鋭い気合がひびき、床を踏み鳴らす音や刀身の鞘走る音が聞こえた。助造がひとり、初伝八勢を抜いている。

助造は、真向両断、右身抜打、左身抜打……と、一本一本、気魄を込めて抜いていく。しだいに顔が紅潮してきて、額に汗が浮いてくる。

……動きが鋭くなったな。

唐十郎は、道場の隅で胡座《あぐら》をかいて見ていた。

このところ、助造の体捌《たいさば》きや抜刀に切れと迅さがくわわったようである。

……実戦の経験が成長させたようだ。

と唐十郎は思った。

顔付きも変わってきた。垂江藩の抱え屋敷を襲撃し人を斬ってから、居合に取り組む助造の顔に凄味のようなものがくわわったのである。

「助造、腕を上げたな」

唐十郎が、助造が一息ついたところで声をかけた。

「まだまだです。お師匠や本間さまの足元にもおよばねえ」

助造は嬉しそうに顔をくずして、手の甲で額の汗をぬぐった。唐十郎から褒《ほ》められたのが嬉しかったらしい。

そのとき、戸口の方から複数の人声が聞こえた。

「今日の稽古はこれまでのようだな」

と、唐十郎が言って腰を上げた。

足音がして道場内に姿を見せたのは、弥次郎と霜月だった。何かいいことでもあったのか、ふたりの顔は晴れやかだった。

「若先生、お久し振りでございます」

霜月は笑みを浮かべたまま唐十郎に頭を下げた。

「どうする、母屋の方へ行くか」

「いえ、ここで。……昔のことが思い出されますし、気持ちのいい風もあります」

霜月は屋外に目をやった。道場の雨戸は開け放たれ、板塀のそばの樫の深緑と五月晴《さつきば》れの青空が見える。

唐十郎はあらためて道場の中央に座りなおし、

「何かあったのか」

と訊いた。

蕨宿で出雲守と英丸君が面会して半月ほど経っていた。そろそろ垂江藩の嗣子に関して動きがあっていいころである。

「はい、晴れて英丸君がお世継ぎということになりました。先日、幕府に嗣子としてお届けし認められたのでございます」

霜月は満足そうな顔で言った。

「そうか」

唐十郎は、素っ気なかった。すでに、相良から英丸君を嗣子として認め垂江藩の騒動を早く収めたいというのが幕閣の意向だと聞いていたのである。将軍への御目見得はまだのようだが、出雲守が隠居することになれば、まちがいなく家督相続も許されるだろう。

「これは、わが藩よりのお礼でございます」

霜月はふところから袱紗包みを取り出した。そのふくらみからして、百両はありそうである。

「いただいておく」

唐十郎は袱紗包みを手に取り、その重みを確かめてからふところに入れた。半分の五十両は弥次郎に渡すつもりだった。

「ところで、諸井派はどうなった」

唐十郎が訊いた。

「そのことでございます。やっと、殿もご決断なされました。殿はこたびの騒動の実情を知って英丸君の将来や垂江藩の行く末を考慮されたのでございましょう。……定允さまと結び付き、忠紀さまを世継ぎにしようと目論んだ諸井派に厳しい申し渡しがございました」

霜月の話によると、首謀者の諸井助右衛門は御役御免のうえ高千石を三百石に減ぜられた。また、諸井派の家臣はそれぞれの罪状に応じ減石のうえ閉門、蟄居《ちっきょ》などの沙汰が下ったという。

「出雲守さまの実弟、定允さまの処分はどうなった」

「はい、やはり殿も、ご実弟を断罪するわけにはいかなかったのでございましょう。穏便なご処置で、今後藩の嗣子問題に口をはさませぬよう定允さまは隠居なされ、忠紀さまに家督を継がせることになりました」

「そうか」

隠居ということになれば定允の影は薄れるし、英丸君が家督を継げばほとんど影響力はなくなるだろう。

「袖の雪はどうした」

その後の行方について、唐十郎は聞いていなかった。

「それが、見つからないのです。あるいは、柴垣が所持しているのではないかと」

「その柴垣への沙汰は」

唐十郎は、もっとも気になる男のことを訊いた。

「家臣を斬殺した罪で、柴垣ほか数人の家臣には切腹の申し渡しがありました」

霜月は声を落とした。その顔がかすかに曇り、

「……ただ、柴垣は処分を恐れて脱藩したため、まだ腹を切ってはおりませぬ」

と言い添えた。その顔に翳がさした。やはり、柴垣の脱藩が気になるのであろう。

「江戸にひそんでいるのか」

弥次郎が身を乗り出すようにして訊いた。

「おそらく」

「このままではすむまいな」

弥次郎は、それ以上言わず虚空に目をとめていた。このまま柴垣が自裁するとは思えなかったのであろう。

いっとき、唐十郎たちは視線を落として黙っていたが、弥次郎が顔を上げ、

「若先生、霜月には百石もの加増があったそうですぞ」

と、重い雰囲気を払拭するように明るい声をだした。

「それはよかった」

霜月は百石高と聞いていた。今後は二百石ということになる。垂江藩のなかでも上士になるだろう。それに、英丸君が家督を継げば、藩主の叔父になる。今後、藩の重臣として藩政の舵を取るような要職につく可能性も高かった。

霜月は真面目な顔で、これも若先生と本間どのの助勢があったからこそです、と言って頭を下げ、

「数日のうちに、国許へ帰るつもりです」

と、残念そうな顔で言い添えた。霜月の江戸での任務は終わったということだろう。

「そうか。……ところで、三郎太はどうしておる」

唐十郎が訊いた。

「相生町の家で過ごしておりますが、父子ともども本間どのにはお世話になっておりまして。……その、三郎太なりに、毎日楽しくやっているようです」

口ごもりながら、霜月は照れたように笑った。

「若先生、琴江ですよ。あの子が連日、押しかけていっしょに遊んでるんです。それも、千代紙やお手玉などといった女の子の遊びを教えてるようでしてね」

弥次郎は苦笑しながら、それも、あと数日ですから、と言った。

「……」

唐十郎は女の子にしては気性の強い琴江とどこか脆弱な感じのする三郎太が、いっしょに遊んでいる光景を思い浮かべ、三郎太は琴江の尻に敷かれているようだ、と思い微笑《ほほえ》ましくなった。

それからしばらく、門人として通っていたころのことを話し、出立の前にあらためてご挨拶に上がります、と言い置いて、霜月は帰っていった。

弥次郎はそのまま道場に残り、

「久し振りに稽古をするか」

と、助造に声をかけて立ち上がった。

6

弥次郎は、下谷御成街道を筋違御門の方にむかって歩いていた。霜月父子を板橋まで見送った帰りである。陽は西にかたむき軒下や物陰には夕闇が忍んで来ていたが、街道はまだ大勢の通行人が行き来していた。

弥次郎は板橋からの帰りに、琴江に何か土産《みやげ》でも買ってやろうと思い、下谷広小路に立ち寄って子供の玩具などを扱っている出店や小間物屋などを覗いて見た。それというのも、三郎太が国許へ帰ることになり、琴江がひどくしおれていたからである。

なかなか琴江の喜びそうな玩具や小間物は見つからなかったが、広小路の路傍に三十六文見世が出ており、そこにあねさま人形を見つけて買い求めた。

三十六文見世は、小間物、枕、人形、子供の手遊び道具類などを並べて、どれも三十六文と値段を定めて売っている。

あねさま人形というのは、様々な千代紙を用いて着物、帯、髷《まげ》などが作ってあり、着せ替え人形のように遊ぶことのできる女子の玩具である。

……千代紙の好きの琴江は、きっと喜ぶ。

弥次郎は、そう思ったのである。

しばらく御成街道を歩き、左手にまがって細い路地へ入った。弥次郎の家のある相生町はその路地の先にある。

そこは細く寂しい通りだった。道幅が狭いせいもあって、急に闇が増したように感じられた。人影はなく、通りに面した店も板戸を閉めている。

路地へ入って一町ほど歩いたとき、ふいに背後で足音が聞こえた。ちかくの物陰から飛び出したらしく、足音はすぐ後ろに迫っていた。

弥次郎は振り返った。

軒下の闇に黒い人影が見えた。

……ちかい！

すでに、斬撃の間ちかくに迫っていた。しかも、人影の手ににぶくひかる刀身が握られていた。

凄まじい殺気である。覆面で顔を隠した男が、獲物に飛びかかる獣のように踏み込んで来た。

咄嗟《とっさ》に、弥次郎は腰を沈めざま柄に手を伸ばした。

「死ねい！」

叫びざま、男が袈裟に斬り込んできた。

弥次郎は刀身を受けようと、のけ反りながら抜き上げた。

が、一瞬遅れた。

キーン、という金属音とともに弥次郎の胸の辺りで青火が散り、同時に胸に衝撃がはしった。抜き上げざま敵の刀身を受けたが、男の切っ先が胸の辺りをとらえたのだ。

そのまま弥次郎と男は交差し、三間ほどの間をとって反転した。

「うぬは」

男の目と体の輪郭に見覚えがあった。柴垣である。

「浅かったか」

柴垣が吐き捨てるように言った。

闇討ちするつもりで物陰にひそみ、襲いかかってきたのだ。

弥次郎の着物の胸の辺りが裂けていた。かすかな疼痛はあったが、出血は少ないようだった。

「柴垣、卑怯な！」

弥次郎の顔が怒りで朱に染まった。温厚な弥次郎にしてはめずらしく、興奮して体が震えている。

「黙れ、本間、うぬらのために何もかも失ったのだ。せめて、うぬを斬らねば、江戸を離れることもできぬわ」

柴垣も憤怒に燃え、両眼をぎらぎらとひからせていた。

弥次郎は低い下段に構えた。すでに、抜刀しているため居合は遣えない。柴垣は青眼だった。ふたりとも気が昂《たかぶ》り、切っ先が小刻みに震えていた。お互いを睨んだ目が殺気だっている。

「あのとき、始末しておけばよかったわ」

柴垣が怒気をふくんだ声で言った。

あのときとは、柴垣が小宮山流居合の門人だったころ仲間と共謀して弥次郎を襲い、竹刀や棒切れで打擲《ちょうちゃく》したときである。

弥次郎の胸に、忘れていた当時の屈辱と無念さがよみがえってきた。押さえがたい怒りと屈辱の念が弥次郎の胸に激情を生んだ。ときの流れで癒えたはずの胸の傷が、柴垣の言葉で新たな血を噴き出したのである。

……決着をつけてやる。

弥次郎は憤怒の形相で、間合をつめ始めた。

柴垣も引かなかった。

ふたりは、一足一刀の間境の手前で一瞬動きをとめて睨み合ったが、弥次郎が下段からさらに前に出る気配を見せると、柴垣が動いた。

……ヤアッ！

柴垣が気合を発して、正面から斬り込んできた。

弥次郎は無言で、柴垣の刀身を下から撥ね上げる。甲高い金属音とともに青火が散り、金気《かなけ》がながれた。

柴垣の刀身が撥ね上がり、体が泳いだ。

……タアッ！

すかさず、裂帛《れっぱく》の気合を発して弥次郎が斬り落とした。ズン、という手応えが残り、にぶい骨音が聞こえた。

凄まじい渾身の一刀だった。柴垣の側頭部から斬り落とされた刀身は、頭蓋を割り鎖骨まで断った。西瓜《すいか》のように割れた頭部から血と脳漿が飛び散り、肩口から血がほとばしり出た。

柴垣は呻き声も上げず、腰がくだけるようにその場に倒れた。地面に横たわった柴垣は、動かなかった。闇のなかで、血の噴出音がわずかに聞こえるだけである。

弥次郎は血刀をひっ提《さ》げたまま、その場に呆然とつっ立っていた。顔や手が小刻みに震えている。

……終わった。

と弥次郎は思った。

長い心の底のわだかまりが、溶けていく。

潮が引くように昂りが静まり、変わって悲哀が胸に込み上げてきた。弥次郎はいっときその場に立って柴垣の死骸に目を落としていたが、やがて力なくかがみ込み柴垣の袖で刀身の血をぬぐった。ふだんの彫の深い面長の顔にもどっている。

そのとき、弥次郎は柴垣が打飼を背負っているのを目にとめた。何か角張った物が入っている。

手にした刀身を納めてから打飼をはずして見ると、黒漆に孔雀の蒔絵がほどこされた刀箱が入っていた。袖の雪を納めた刀箱である。

なかに袖の雪があった。どうやら、柴垣は袖の雪を持ったまま逐電するつもりだったようだ。江戸を発つ前に弥次郎を斬って、長年の確執に決着をつけようとしたのであろう。

……おぬしの守刀にはならなかったようだな。

袖の雪は所持する者の厄難を払うといわれているが、柴垣にとっては逆に己の首を絞める元凶になったのかも知れぬ、と弥次郎は思った。

弥次郎は袖の雪を持って歩きだした。田島をとおしてお菊の方に渡してもらおうと思った。いっとき歩いて、ふと弥次郎は胸に受けた柴垣の切っ先のことを思い出した。かすかな疼痛はあったが、出血している様子はない。

ふところに手を入れると、琴江の土産に買ったあねさま人形が手に触れた。出して見ると、人形が縦に裂けている。

……これか！

と、弥次郎は思った。

幾重にも重なった千代紙が、弥次郎の肌を柴垣の切っ先から守ったのである。これが、おれの守刀だ、と弥次郎は思い、裂けた人形を握りしめた。


その一刻（二時間）ほど前、唐十郎はつる源の二階の座敷にいた。一尺ほど開けた障子の間から、神田川に目をやっていた。川岸の柳の新緑が川面に落ち、その緑陰のなかをすべるように猪牙舟《ちょき》が下っていく。

西陽が川沿いの家並の影を路上に長く伸ばし、影と陽射しの明暗のなかを、幼子の手を引いた母親が急ぎ足で過ぎて行く。

江戸の町は夕暮れにつつまれようとしていた。

唐十郎は小半刻（三十分）ほど前に座敷に上がり、ひとりで手酌で飲んでいた。吉乃は別の酒席についているらしく、まだ姿を見せない。

ぼんやり外をながめていると、唐十郎の胸に、琴江と三郎太、そして助造のことが浮かんできた。

……まるで、柳の新緑のようだ。

と、唐十郎は思った。

垂れた枝が絹のような新緑をまとったかと思うと、すぐに緑の色を濃くし、やがて樹全体を深緑でおおってしまう。

　唐十郎は、三郎太や助造をその新緑と重ね、かれらの時代になるのも遠い先ではない、と思った。

　そのとき、トントンと階段を上がる音がし、吉乃が顔を出した。すでに飲んでいるらしく、色白の顔がほんのりと桜色に染まっている。

「ごめんなさい、待たせてしまって」

　吉乃はすぐに唐十郎のそばに腰を落とした。

「酔ってるようだな」

「少しだけ、ひっつこい客なの」

　吉乃は細い眉を寄せて顔をしかめたが、すぐに思いなおしたように顔をくずすと、銚子を取って唐十郎の杯についだ。

　さしつさされつ、小半刻もすると、吉乃は、熱《あつ》ウ、と言って襟をひろげ、唐十郎にしなだれかかるように身を寄せてきた。

「まだ、陽が沈んでないぞ」

「いいの、今夜はずっと離さないんだから」

　そう言うと、吉乃は唐十郎の首に両腕をまわし、広げた胸のふたつの乳房のくぼみに唐十郎の顔を押しつけた。

熱い胸だった。汗と白粉の甘酸っぱい匂いがした。大きな花弁の間に鼻先をつっ込んだような気がした。唐十郎はしっとりと吸い付くような肌に顔をうずめたまま、

……新緑より、熱い花に手をやきそうだ。

と、苦笑いを浮かべてひとりごちた。

解説──当代随一、慄然《りつぜん》とする剣の臨場感

（文芸評論家）菊池《きくち》仁《めぐみ》

本書、鳥羽亮著『妖剣おぼろ返し 介錯人・野晒唐十郎《のざらしとうじゅうろう》』は「鬼哭《きこく》の剣シリーズ」の第八弾にあたる。第一弾の『鬼哭の剣』が書下ろし長編時代小説として刊行されたのが、一九九八年であったから早いもので、もう五年の歳月を経ている。思えばヒーロー・野晒唐十郎の登場は、五味康祐《ごみやすすけ》の『柳生武芸帳《やぎゅうぶげいちょう》』や、柴田錬三郎《しばたれんざぶろう》の『眠狂四郎無頼控《ねむりきょうしろうぶらいひかえ》』が世に出た時代小説の黄金時代を彷彿《ほうふつ》とさせるような、衝撃的なものであった。あれから五年、巻数も第八弾ということであるから、このシリーズがいかに根強い人気をもっているかがわかる。

もうひとつ特記すべきことがある。それは野晒唐十郎が得意の小宮山《こみやま》流居合で斬り拓《ひら》いてきたものである。少々、説明がいる。前掲の五味康祐、柴田錬三郎が世を去った一九七〇年代後半から八〇年代にかけて、時代小説は、必ずしも恵まれた環境下にあったわけではない。それを如実に物語っていたのが出版点数の減少であった。

しかし、九〇年代後半、つまり、本シリーズが登場する前後になって、時代小説の出版

事情に大きな変化が訪れる。その端緒となったのが文庫戦争の熾烈《しれつ》化である。熾烈な競争に勝ち残っていくためには、独自の存在領域をもっているかどうかにかかってくる。特化戦略といわれるもので、わかりやすくいうと、〝どんな特徴をもっているか〟ということである。この特化の方向に時代小説があった。

ただし、問題がひとつあった。七〇年代以降、ジャンル、書き手共に裾野が広がったミステリーと違い、時代小説は出版点数、書き手共に少なかっただけに元本に限りがある。この解決策として生み出されたのが〝文庫書下ろし〟という新しいスタイルである。さらにこの流れが、実力をもった書き手のシリーズ物へと発展していった。要するに、雑誌連載、単行本そして文庫化というサイクルとは違った、文庫による独自のマーケットが形成されたわけである。読者側にもメリットはあった。それは常に新鮮度の高いオリジナル作品を享受できるということである。

現在、祥伝社文庫、徳間文庫、光文社文庫、集英社文庫、学研M文庫等が中心となってマーケットの拡大を図りつつあるわけだが、その牽引《けんいん》車的役割を担《にな》ってきたのが鳥羽亮であり、本シリーズはその象徴的存在であった。それゆえ、野晒唐十郎が斬り拓いたという表現は、決して誇張ではないのである。

さて、そこで本書である。本シリーズの最大の売り物は、唐十郎の前に立ちはだかる秘剣、妖剣、剛剣の数々である。作者は一作ごとに敵役の存在を重視し、その必殺技のアイデアに心をくだいてきた。〝陽炎《かげろう》の剣〟〝飛蝶《ひちょう》の剣〟〝双蛇の剣〟〝雷神の剣〟〝飛龍の剣〟等がそうであり、それを唐十郎が〝鬼哭の剣〟や〝山彦《やまびこ》〟といった小宮山流の秘剣を使ってどう破るかが作品のヤマ場となっている。

本書では〝鬼眼《きがん》流〟と〝おぼろ返し〟という妖剣が登場する。鬼眼流とは、今回のお家騒動の舞台となった甲斐国垂江藩《かいのくにたるえ》八万石に古くから土着する流派で、実戦を重んずる剣である。いわばこちらは刺身の妻で、なんといっても刺身は〝おぼろ返し〟である。命名からして何か怪しげな雰囲気が漂っている。

本書では弟子の本間弥次郎《ほんまやじろう》が最初に刃を合せることになる。

《弥次郎は顔をこわばらせ、大きく間を取って納刀した。右の袂《たもと》が裂けている。男の抜き付けた切っ先が袂をとらえたのである。

……妖異な剣だ！

弥次郎の体が震えだした。驚愕と恐怖である。

男の抜刀が迅《はや》いだけではなかった。男は異様な動きをしたのだ。折れたように上体を前に屈め、そのまま踏み込みざま抜き付けたのである。そのため上体の陰に隠れて腰元が見えず、ふいに頭上から切っ先が伸びてきたように弥次郎の目には映った。

しかも、弥次郎が読んだ間合より男は接近しており、太刀筋もまったく見えなかったのである。

「おぼろ返し……」

男はつぶやくような声で言った。》

相手の使う剣の凄味に思わず読み手も慄然《りつぜん》としてしまうような臨場感に溢《あふ》れた場面である。実は、作者はここでも用意周到な配慮をしている。というのは、弥次郎が対決する前に唐十郎はこの使い手と出会っているのだ。刃を合せたわけではないが、唐十郎は相手が尋常な使い手でないことを見てとった。

《……こやつ、居合だ！

と、唐十郎は察知した。

一瞬、居合腰から抜刀の構えをみせたのだ。手練《てだれ》とみていい。腰が据わり、身構えに一分の隙もなかった。中肉中背だが、異様に胸が厚く首や腕が太い。長年特殊な鍛錬をつづけた者の体である。》

同じ居合を使うというのが味噌である。さらに、唐十郎は次のような予感を覚えている。

《……あやつの居合、あなどれぬ。

唐十郎は、左手にいた武士といずれ勝負することになろうと思った。気になったのは、特異な体軀である。異様に胸が厚く、腕や首が太かった。唐十郎は何か特殊な技を秘めているような気がしたのである。》

唐十郎のこの予感は的中し、尋常一様でない居合の使い手が、前に立ちはだかってきたのである。唐十郎は弥次郎の話を検証し、イメージトレーニングをくり返すことで、この妖剣の破り方を研究する。いつもながらうまい展開で、チャンバラ小説の面白さを満喫できる。

話は少々、脱線する。本シリーズのファンになって、唐十郎の鮮《あざ》やかな居合に触れるたびに、夢想していたことがある。それは唐十郎を実在の剣豪と立ち合せてみたいということである。

唐十郎が活躍した幕末前期は、上泉伊勢守《かみいずみいせのかみ》、塚原卜伝《つかはらぼくでん》、柳生石舟斎《やぎゅうせきしゅうさい》、伊藤一刀斎《いとういっとうさい》といった剣豪が覇《は》を競《きそ》った戦国から江戸時代初期と同様、剣の修行が盛んだった時代で、男谷《おだに》精一郎《せいいちろう》、高柳又四郎《たかやなぎまたしろう》、島田虎之助《しまだとらのすけ》、千葉周作《ちばしゅうさく》等の著名な剣豪を輩出した。

実は、この夢が実現したのである。まだ、未読の読者は必見なのだが、本シリーズの六弾目に『悲恋斬り』という、唐十郎が心隠刀流《しんいんとう》や直心影流《じきしんかげ》等の遣い手と刃を交える異色の短編集がある。その表題作で前掲の男谷精一郎と立ち合う場面があるのだ。興奮した。妖剣との斬り合いと違って、格調高い立ち合い場面となっており、当代随一の剣豪作家としての面目躍如《めんぼくやくじょ》たるものがある。

話を戻そう。作者は本書で新たな試みをしている。それは本間弥次郎の活躍にウエイトをかけていることだ。さらに、前作『飛龍の剣』で、信濃《しなの》国の松田《まつだ》藩のお家騒動にまきこまれ、中山道《なかせんどう》に旅したとき同行した助造《すけぞう》にもウエイトがかけられている。シリーズが長くなったとき、重要なのはチームワークと、メンバーひとりひとりのキャラクターである。弥次郎も助造もチーム内でのポジショニングが明確になりつつあり、それが話の広がりにつながっている。時代小説の人気シリーズとして君臨してきた池波正太郎《いけなみしょうたろう》の『鬼平犯科帳』や『剣客商売』について、ファンの人と話すと必ず〝ご贔屓《ひいき》〟の登場人物がいる。それが人気のバロメーターでもあるのだ。本シリーズも実直な弥次郎ファンが本書で増えたはずである。ちなみに、私はというと〝咲《さき》〟のファンである（誰も聞いてない。それは失礼）。いずれにせよ、そのための布石といえそうだ。

ファンにとってたまらないのは、こういった布石も含めて、ますます安定感を増したシリーズとなっていることである。

妖剣　おぼろ返し

一〇〇字書評

切り取り線

購買動機（新聞、雑誌名を記入するか、あるいは○をつけてください）

- □（　　　　　　　　　　　）の広告を見て
- □（　　　　　　　　　　　）の書評を見て
- □ 知人のすすめで
- □ タイトルに惹かれて
- □ カバーがよかったから
- □ 内容が面白そうだから
- □ 好きな作家だから
- □ 好きな分野の本だから

●最近、最も感銘を受けた作品名をお書きください

●あなたのお好きな作家名をお書きください

●その他、ご要望がありましたらお書きください

住所					
氏名		職業		年齢	
Eメール				新刊情報等のメール配信を 希望する・しない	

あなたにお願い

この本をお読みになって、どんな感想をお持ちでしょうか。

この「一〇〇字書評」を私までいただけたらありがたく存じます。今後の企画の参考にさせていただきます。あなたの「一〇〇字書評」は新聞・雑誌などを通じて紹介させていただくことがあります。そして、その場合はお礼として、特製図書カードを差し上げます。

前頁の原稿用紙に書評をお書きのうえ、このページを切りとり、左記へお送りください。Eメールでもお受けいたします。

〒一〇一・八七〇一
東京都千代田区神田神保町三・六・五
九段尚学ビル　祥伝社
祥伝社文庫編集長　加藤　淳
☎〇三（三二六五）二〇八〇
bunko@shodensha.co.jp

祥伝社文庫

上質のエンターテインメントを！　珠玉のエスプリを！

祥伝社文庫は創刊15周年を迎える2000年を機に、ここに新たな宣言をいたします。いつの世にも変わらない価値観、つまり「豊かな心」「深い知恵」「大きな楽しみ」に満ちた作品を厳選し、次代を拓く書下ろし作品を大胆に起用し、読者の皆様の心に響く文庫を目指します。どうぞご意見、ご希望を編集部までお寄せくださるよう、お願いいたします。

2000年1月1日　　祥伝社文庫編集部

妖剣《ようけん》　おぼろ返《がえ》し　介錯人《かいしやくにん》・野晒唐十郎《のざらしとうじゆうろう》　長編時代小説

平成15年4月20日　初版第1刷発行
平成15年5月10日　第2刷発行

著者　鳥羽《とば》　亮《りよう》
発行者　渡辺起知夫
発行所　祥伝社《しようでんしや》
東京都千代田区神田神保町3-6-5
九段尚学ビル　〒101-8701
☎03（3265）2081（販売部）
☎03（3265）2080（編集部）
☎03（3265）3622（業務部）
印刷所　萩原印刷
製本所　豊文社

ISBN4-396-33102-9 C0193

祥伝社のホームページ・http://www.shodensha.co.jp/

祥伝社文庫

鳥羽 亮 **悲恋斬り 介錯人・野晒唐十郎**

御前試合で兄を打ち負かした許嫁《いいなずけ》を介錯して欲しいと唐十郎に頼む娘。その真相は？ シリーズ初の連作集。

鳥羽 亮 **飛龍の剣 介錯人・野晒唐十郎**

妖刀「月華」を護《まも》り、中山道を進む唐十郎。敵方の策略により、街道筋の剣客が次々と立ち向かってくる！

鳥羽 亮 **覇剣 武蔵と柳生兵庫助**

時代に遅れて来た武蔵が、新時代に覇を唱える柳生新陰流に挑む。かつてない視点から描く剣豪小説の白眉。

佐伯泰英 **密命 見参！ 寒月霞《かすみ》斬り**

豊後相良《さがら》藩主の密命で、直心影流の達人金杉惣三郎《かなすぎそうざぶろう》は江戸へ。市井《しせい》を闊達《かったつ》に描く新剣豪小説登場！

佐伯泰英 **密命 弦月三十二人斬り**

豊後相良藩を襲った正室の乳母殺害事件。吉宗の将軍宣下を控えての一大事に、怒りの直心影流が吼《ほ》える！

佐伯泰英 **密命 残月無想斬り**

武田信玄の亡霊か？ 齢《よわい》百五十六歳の妖術剣士石動奇嶽《いするぎきがく》が将軍家を襲った。惣三郎の驚天動地の奇策とは！

祥伝社文庫

佐伯泰英 刺客《しかく》 密命・斬月剣

大岡越前の密命を帯びた惣三郎は京へ現われる。将軍吉宗を呪う葵切り七剣士が襲いかかってきて…

佐伯泰英 火頭《かとう》 密命・紅蓮《ぐれん》剣

江戸の町を騒がす連続火付、焼け跡には〝火頭の歌右衛門〟の名が。大岡越前守に代わって金杉惣三郎立つ！

佐伯泰英 兇刃《きょうじん》 密命・一期一殺

旧藩主から救いを求める使者が。立ち上がった金杉惣三郎に襲いかかる影、謎の〝一期一殺剣〟とは？

佐伯泰英 初陣《ういじん》 密命・霜夜《そうや》炎《ほむら》返し

将軍吉宗が「享保剣術大試合」開催を命じた。諸国から集まる剣術家の中に、金杉惣三郎父子を狙う刺客が！

佐伯泰英 悲恋 密命・尾張柳生剣

「享保剣術大試合」が新たなる遺恨を生んだ。娘の純情を踏みにじる悪辣な罠に、惣三郎の怒りの剣が爆裂。

佐伯泰英 秘剣雪割り 悪松《わるまつ》・棄郷編

新シリーズ発進！ 父を殺された天涯孤独な若者が、決死の修行で会得した必殺の剣法とは!?

祥伝社文庫

永井義男
阿哥《あご》の剣法 よろず請負い

奇抜な剣を操る男・阿郷十四郎。清朝帝の血を継ぎ、倭寇に端を発する阿哥流継承者の剣が走る!

永井義男
影の剣法 請負い人阿郷十四郎

十四郎が用心棒を引き受ける四谷の道場に、「倭寇」伝来の中国殺剣を操る刺客が現われた!

永井義男
辻斬り始末 請負い人阿郷十四郎

倭寇伝来の剣を操るよろず請負い人阿郷十四郎に宝剣奪還の依頼が来る。だがそれは幕府を揺るがす剣だった。

西村 望
還《かえ》らぬ鴉《からす》 直心影流孤殺剣

行き倒れの老人から託された呪いの遺言…出奔《しゅっぽん》、流浪の身の三次郎は、敵討《かたき》ちとお家騒動に巻き込まれた!

西村 望
密通不義 江戸犯姦録

ご新造さんを抱きたい…悶々とする下男の前に、主人を殺した仇《かたき》が現われた! 男女の色と欲が絡む異色作

西村 望
八州廻り御用録

神道無念流・関八州取締出役の芥十蔵は、捕り方達と博徒の屋敷を取り囲んだ! 無宿人たちの愛憎と欲望!